Margit Auer

# Die Schule der magischen Tiere

## Licht aus!

## Die Schule der magischen Tiere

Band 1 Die Schule der magischen Tiere

Band 2 Voller Löcher!

Band 3 Licht aus!

Band 4 Abgefahren!

Band 5 Top oder Flop!

Band 6 Nass und nasser!

Band 7 Wo ist Mr. M?

Band 8 Voll verknallt!

Band 9 Versteinert!

## Die Schule der magischen Tiere – Endlich Ferien

Band 1 Rabbat und Ida

Band 2 Silas und Rick

Band 3 Henry und Leander

Weitere Abenteuer sind in Vorbereitung!

Margit Auer

# Die Schule der magischen Tiere
## Licht aus!

Mit Bildern von Nina Dulleck

CARLSEN

# Auf ins Abenteuer!

## Die Wintersteinschule

Eine ganz normale Schule. Ganz normal? Fast. Gäbe es da nicht ein Geheimnis …

## Miss Cornfield

Lehrerin an der Wintersteinschule. Manchmal ein bisschen streng, aber sie meint es gut mit ihren Schülern. Und sie weiß ganz genau, wer von ihnen Hilfe braucht …

## Mister Mortimer Morrison

Inhaber der magischen Zoohandlung. Dort gibt es magische sprechende Tiere. Er selbst hat auch eins: die freche Elster **Pinkie**

## Mr. Morrisons Omnibus

Damit fährt er um die ganze Welt und sammelt magische Tiere ein.

## Leonardo, das Streifenhörnchen

Eines der vielen, vielen sprechenden Tiere in der magischen Zoohandlung. Sie alle wünschen sich nichts mehr, als den Menschen zu finden, der perfekt zu ihnen passt …

**Glückspilze! Ida und Benni waren die Ersten, die magische Tiere bekommen haben:**

**Ida und der Fuchs Rabbat**

Schwer zu sagen, wer von den beiden schlauer ist. Ida würde wohl sagen, sie selbst, denn Ida weiß immer alles besser …

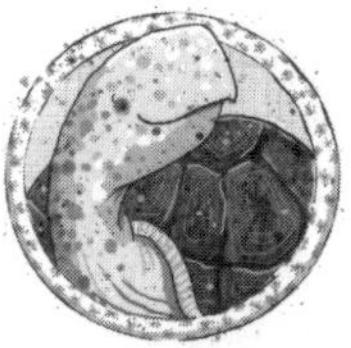

**Benni und die Schildkröte Henrietta**

Die unternehmungslustige Henrietta liebt nächtliche Abenteuer. Und Benni? Der ist dabei!

**Und auch diese sechs sind beste Freunde auf immer und ewig:**

**Jo und der Pinguin Juri**

Jo finden alle Mädchen ziemlich süß. Wenn Jo morgens im Bad ist, kann das eine Weile dauern. Noch länger braucht nur Juri, wenn er im Schulteich badet …

**Schoki und Pinselohrschwein Peperoni**

sind ein Herz und eine Seele. Vor allem, wenn es um Schokolade geht …

**Anna-Lena und Chamäleon Caspar**

Mit Caspar an ihrer Seite wird die schüchterne Anna-Lena zur Verwandlungskünstlerin …

Viele Tiere, viele Kinder ...
Wer wird wohl der Nächste sein?

Die zickige Helene?

Max, der Professor?

Eddie, der Tollpatsch?

Oder gar der fiese Silas?

# Inhaltsverzeichnis

Die Schule der magischen Tiere
Licht aus!

1. Kapitel: Aufwachen, Eddie! **15**

2. Kapitel: „Gestatten, Morrison!“ **26**

3. Kapitel: Ein Lastwagen parkt am Johannisplatz **44**

4. Kapitel: Eugenia **50**

5. Kapitel: Eddie und Eugenia in der Schule **58**

6. Kapitel: Die verbotene Tür **67**

7. Kapitel: Sorgen um den Omnibus **76**

8. Kapitel: Wer hält zu Ida? **82**

9. Kapitel: Die Nachricht im Glückskeks **92**

10. Kapitel: Gefährten wider Willen **101**

11. Kapitel: Karajan **108**

12. Kapitel: Ida sammelt Unterschriften **119**

13. Kapitel: Hinauf in die Turmstübchen! **126**

14. Kapitel: Die Märchenerzählerin **134**

15. Kapitel: Das geheimnisvolle Labyrinth **146**

16. Kapitel: Helene kann nicht schlafen **159**

17. Kapitel: Eugenias großer Auftritt **171**

18. Kapitel: Besuch bei Olga Rachmaninoff **180**

19. Kapitel: Eine überraschende Entdeckung **189**

Letztes Kapitel: Und noch eine überraschende Entdeckung **197**

Ah, die Berge! Der Mann in dem langen grauen Mantel lüftete seinen Schlapphut und atmete tief durch.

„Sollte ich öfter machen“, murmelte er.

Drei Stunden lang war er marschiert. Er hatte den Gipfel erklommen, in einer Almhütte eine große Portion Kaiserschmarrn verspeist, seine Füße in klarem Quellwasser gebadet und mit etlichen Kühen gesprochen. Ja, genau – mit Kühen!

Jeder einzelnen hatte er tief in die Augen gesehen.

„Sprichst du meine Sprache? Möchtest du mitkommen?“

Aber die Kühe hatten ihn nur angeglotzt und weiter an ihren Grashalmen gekaut. Na, dann eben nicht! Er würde heute schon noch ein magisches Tier entdecken, das fühlte Mortimer Morrison bis in die Haarspitzen …

Inzwischen war es Abend geworden. Mr. Morrison war wieder am Parkplatz angelangt und ging auf seinen alten Omnibus zu. Ächzend ließ er sich in den ausgesessenen Sitz plumpsen und drehte den Schlüssel im Zündschloss.

Zum Glück, der Motor sprang an!

Mortimer Morrison seufzte erleichtert. Zu oft hatte ihn das Fahrzeug in letzter Zeit im Stich gelassen.

Er lenkte den Bus die kurvigen Landstraßen entlang und hielt angestrengt Ausschau in der Dämmerung.

Ein alter Kirchturm. Ob dort Falken hausten? Ein ausgedehntes Waldstück. Ob es dort Wildschweine gab? Eine Pferdekoppel. Ob eines der Ponys seine Sprache sprach? Die Sprache der magischen Tiere?
An einer verfallenen Burgruine machte er Halt. Aus dem Augenwinkel nahm er eine Bewegung wahr. Zuckende schwarze Schatten, die in der Dämmerung umherflatterten. Fledermäuse!
Er schnalzte mit der Zunge. „Das wird was“, sagte er leise und stieg aus.
Tatsächlich! Eine Fledermaus wagte sich dicht an ihn heran. Und Mr. Morrison verstand sie ganz genau.
Sie trällerte ein kleines Liedchen.
„Guten Abend, gut Nachterich, mihit Rosen bedachterich …“
„Guten Abend!“, rief ihr Mr. Morrison freundlich zu.
Die Fledermaus machte eine aufgeregte Zickzackkurve.
„Du verstehst mich? Du verstehst, was ich sage? Oh, wie langerich habe ich gewartet, dass jemand meine Sprache versteht! Endlich, endlich, tollerich!“
Im Sturzflug schoss das muntere Ding Richtung Boden, machte kurz vor dem Aufprall einen Looping, flog wieder nach oben und hängte sich kopfüber an Mortimer Morrisons Schlapphut.

„Huhu, hier bin icherich!“ Verkehrt herum schaute die Fledermaus dem Mann in die Augen.
Mortimer musste lachen. „So eine fröhliche Dame könnte ich gut in meiner magischen Zoohandlung brauchen! Magst du mitkommen?“
„Aber klaro!“, fiepte die Fledermaus.
Die Heimfahrt im alten Omnibus verging wie im Flug. Eugenia, so hieß die Fledermaus, erzählte von ihrem Leben in der alten Burg und Mortimer Morrison berichtete von der magischen Zoohandlung.
Bis kurz vor Rosenheim die Scheinwerfer flackerten.
„Nicht schon wieder“, stöhnte Mortimer Morrison.
Der Motor stotterte, das Licht wurde schwächer und ging schließlich ganz aus. Mortimer Morrison versuchte ein paarmal den Zündschlüssel zu drehen. Aber vergebens. Sie saßen im Dunkeln.
„Nicht schon wieder“, stöhnte Mr. Morrison noch mal.
„Was isterich?“, fragte Eugenia. Aufgeregt flatterte sie am Beifahrersitz auf und ab. „Du hältst an? Und jetzerich?“
Der Inhaber der magischen Zoohandlung kniff verärgert die Augen zusammen. „Jetzt“, brummte er, stieg aus und knallte die Fahrertür zu, „jetzt fahren wir mit dem Zug.“

SMS, abgeschickt am Bahnhof Rosenheim
Von: Mortimer Morrison
An: Mary Cornfield

Hallo Mary, die Mistkarre istschonwieder stehengeblieben. Binjetzt in Rosenheim, Nehme morgen früh ersten Zug. komme erst gegen Abend an. Sieh morgen mal nach den Tieren in der magischen Zoohandlung,ja?danke, Schwesterherz. gut Nacht. Mortimer.

1. Kapitel

# Aufwachen, Eddie!

Es war ein kühler Montagmorgen im Herbst, kurz nach halb acht.
Benni stand an der Gartenpforte und sah sich neugierig um. Er war noch nie bei Eddie gewesen. „Abgefahren“, murmelte er leise vor sich hin. Das rot, grün und blau gestrichene Gartentürchen hing schief in den Angeln. Aus dem Postkasten, auf dem „Petersen“ stand, quollen Kataloge und Briefe hervor.

Ein von Farnen gesäumter Kiesweg schlängelte sich durch einen verwilderten Garten. Längst verblühte Sonnenblumen wuchsen zwei Meter hoch. Ein großes blaues Pferd aus Plastik stand im Garten und starrte ihn an.
Das Haus lag ganz still da. War überhaupt jemand daheim?
„Der pennt doch noch“, warf die kleine Schildkröte ein, die aus Bennis Büchertasche lugte. Henrietta war Bennis magisches Tier, was bedeutete, dass die beiden miteinander sprechen konnten. Seit sie in der Klasse von Miss Cornfield zueinandergefunden hatten, waren sie unzertrennlich.
Die Schildkröte kicherte. „Ich finde, Mr. Morrison sollte Eddie einen magischen Gockelhahn bringen, der jeden Tag um sieben Uhr ‚Guten Morgen‘ kräht!“
Mr. Morrison, das war der Inhaber der magischen Zoohandlung.
Von Zeit zu Zeit besuchte er Miss Cornfields Klasse. Und dann hielten alle Schüler die Luft an: Wer würde heute ein magisches Tier bekommen?

Angefangen hatte alles mit Ida und Benni. Ida hatte den Fuchs Rabbat bekommen und er selbst die wunderbare Schildkröte Henrietta. Benni wusste, was für ein riesengroßes Glück er gehabt hatte: Jeder aus der Klasse wäre gern an seiner Stelle gewesen.
Ob wohl auch Eddie mal an die Reihe kam?
Zum siebten Mal drückte Benni nun schon auf die Klingel. Die Lehrerin Miss Cornfield hatte ihn beauftragt Eddie abzuholen. Eddie, die Schlafmütze. Dreimal war er in der vergangenen Woche zu spät zum Unterricht erschienen und Miss Cornfield war der Meinung, dass es so nicht weitergehen konnte.
„Du hast Recht, Henrietta“, seufzte Benni. „Eddie braucht einen Gockelhahn. Gibt es denn in der magischen Zoohandlung einen?“
„Bestimmt“, sagte Henrietta. „Los jetzt, Benni, rein mit dir!“
Vorsichtig drückte Benni die Klinke hinunter und tapste den Kiesweg entlang.
Eddies Haus war gelb gestrichen und hatte grüne Fensterläden, irgendwie erinnerte es Benni an Italien.

Dicker Efeu wuchs über die ganze Vorderseite. Ein rotes, altes Fahrrad ohne Reifen hing über der Tür. „Eddie, aufwachen!“, rief er unsicher nach oben.
Und gleich noch einmal lauter: „He, Eddie, wir müssen zur Schule!“
Endlich bewegte sich ein Vorhang und an einem Fenster erschien ein verstrubbelter Haarschopf.
Das Fenster ging auf und Eddie blinzelte verschlafen heraus. „Schule?“, murmelte er verwirrt. „Komme gleich!“
Benni setzte sich auf die Steinstufe und stand gleich wieder auf. Zu kalt! Ein scharfer Wind fuhr durch die feuchte Luft.
Benni blickte auf seine Armbanduhr. Schon 20 Minuten vor acht! Am Ende würden sie beide zu spät kommen …
In diesem Moment kam Eddie aus der Tür gestürzt. Sein Hemd hing aus der Hose, die Schnürsenkel waren offen, die Haare noch genauso verstrubbelt wie eben.
„Okay, wir können los“, sagte Eddie und nickte der Schildkröte zu. „Hallöchen, Henrietta.“

Benni deutete auf Eddies Rücken. „Dein Rucksack?"
Eddie schlug sich auf die Stirn und rannte noch mal ins Haus, um die Schultasche zu holen.
„Und denk an dein Sportzeug!", rief ihm Benni noch hinterher.
Er war sich sicher, dass die Hälfte der Hefte fehlte.
Eddie war nun mal ein Schussel …

Auf dem Weg zur Schule blieb Benni an einem Straßenschild stehen. Eddie stolperte müde in ihn hinein. „Hoppala", sagte er.
Benni wandte sich an Henrietta.
„Kleine Leseübung", sagte er und deutete auf das Schild.
Die Schildkröte Henrietta, die in ihrem langen Leben viel erlebt hatte, besaß ein hervorragendes Gedächtnis.
Lesen allerdings konnte sie nicht – und das wollte Benni ihr unbedingt beibringen.
Eifrig streckte Henrietta nun das Köpfchen aus der Schultasche und kniff die Augen zusammen.

„Eddie wohnt … Moment, gleich hab ich's …" Sie strahlte Benni an. „Eddie wohnt in der Schnitzelstraße!"
Benni lachte. „Schnitzlerstraße muss es heißen!"
Die Freunde gingen die Schillerstraße entlang („Schlimmerstraße" las Henrietta vor), dann die Lindenallee („Linsengelee") und schon kam die Wintersteinschule in Sicht: ein altmodischer Bau mit zwei Türmen links und rechts.
Vor der Schule winkte ihnen Anna-Lena entgegen. Auf ihrer Schulter saß das Chamäleon Caspar.
„Anna-Lena ist wie verwandelt, seit sie Caspar hat. Früher war sie immer so schüchtern", sagte Eddie.
„Mit einem magischen Tier ist nun mal alles ganz anders", antwortete Benni. Auch er selbst war so glücklich, seit er Henrietta hatte! Die Schildkröte machte ihm Mut, wenn er mal wieder ängstlich war, und war immer für ihn da.
Ihre Klasse bestand aus 24 Schülern. Fünf von ihnen besaßen inzwischen einen magischen Gefährten: er selbst, Ida, Anna-Lena, Jo und Schoki.

Was für ein Glück sie alle hatten! Jo war ein richtiger Vollidiot gewesen, bevor er den Pinguin Juri bekam, und Schoki mit der Strickmütze und das afrikanische Pinselohrschwein Peperoni waren vom ersten Moment an ein Herz und eine Seele gewesen.
„Hättest du nicht auch gern ein magisches Tier?“, fragte Benni und hielt Eddie die Tür auf. „Es könnte dich doch zum Beispiel morgens wecken und …“
Aber Eddie bekam mal wieder nichts mit. Er stolperte über die Türschwelle, sagte „Hoppala“ und grinste Benni zu.
Benni fragte erneut, diesmal lauter: „Hät-test du nicht auch ger-ne ein ma-gi-sches Tier?“
„Ja, klar!“, rief Eddie. „Das hätte ja wohl jeder von uns gern! Stell dir mal vor, eine Giraffe! Das wär cool …“
Sie gingen im Gedränge die Treppe hoch in den ersten Stock. Keines der anderen Kinder sah Henrietta, die aus Bennis Schultasche guckte. Mr. Morrison hatte erklärt, das läge daran, dass die meisten Menschen die Magie einfach nicht wahrnähmen, die um sie herum passierte. Sie wären immer viel zu beschäftigt.

Damit das Geheimnis der magischen Tiere aber auch wirklich sicher war, hatte sich Mr. Morrison noch einen Trick überlegt – für den Notfall: Die Tiere konnten „versteinern", sie sahen dann aus wie ganz normale Kuscheltiere …
Im Klassenzimmer ließ sich Benni auf seinen Stuhl fallen und setzte Henrietta in ihren Schuhkarton, wo sie die Vormittage am liebsten verbrachte. Vor Miss Cornfield mussten die Tiere natürlich nicht versteinern und so hatte jedes der Tiere seinen Stammplatz im Unterricht: Rabbat, der Fuchs, machte es sich meist unter Idas Tisch bequem, Chamäleon Caspar hockte auf Anna-Lenas Pult, Pinguin Juri versteckte sich gern hinter dem Kleiderständer.
Pinselohrschwein Peperoni lief schnüffelnd herum, um hier und da einen Apfel oder einen Schokoriegel abzustauben. Wenn er die Runde beendet hatte, setzte er sich mit seinem Hinterteil auf den Parkettboden und verfolgte aufmerksam den Unterricht. Wie alle magischen Tiere konnte er die Menschensprache verstehen.

Auch untereinander konnten sich die magischen Tiere verständigen. Aber nur ganz selten sprachen sie miteinander über ihre gemeinsame Zeit in Mr. Morrisons magischer Zoohandlung. Wie er ihnen das Versteinern beigebracht hatte oder wie er sie auf ihre zukünftige Aufgabe vorbereitet hatte.
„Ich werde für euch einen allerbesten Freund finden", hatte er ihnen versprochen. „Und diesem Freund werdet ihr helfen, wo immer ihr könnt." Die meisten konnten es gar nicht erwarten, ihren Gefährten kennenzulernen. „Euer Gefährte ist außer mir der einzige Mensch, der euch verstehen kann", sprach Mr. Morrison weiter. „Vergesst das nicht, sonst sorgt ihr für ziemliche Verwirrung."
Wenn Peperoni also während des Unterrichts einen Kommentar abgab – „So ein Blödsinn!" zum Beispiel – dann hörte das zwar Schoki, nicht aber die Lehrerin. Wenn Schoki daraufhin antwortete – „Aber echt, totaler Quatsch!" – , dann handelte er sich einen strengen Blick von Miss Cornfield ein. Denn ihn konnte sie sehr wohl verstehen.

Als Miss Cornfield kurz vor acht Uhr schwungvoll wie immer das Klassenzimmer betrat, fiel ihr erster Blick auf Eddies Platz. Sie wirkte erleichtert, als sie ihn dort sitzen sah, und nickte Benni zu.
„Gut gemacht, vielen Dank, Benni! Und morgen schaffst du es wieder allein, Eddie, stimmt's?"
Eddie hörte sie nicht. Er steckte gerade mit dem Kopf unter dem Tisch und angelte nach seinem Radiergummi, der ihm weggehüpft war.
Seufzend begann Miss Cornfield mit dem Unterricht. „Mathehefte raus! Wir üben Sachaufgaben."
Eddie, kaum mit hochrotem Kopf aufgetaucht, duckte sich wieder weg und kramte in seiner Schultasche. Er fand aber nur die Hefte für Deutsch, Sachkunde und Musik.
„Typisch Eddie", kicherte Henrietta.
Hätte Eddie seine Schulsachen ordentlich eingepackt, dann hätte er jetzt eine Überraschung erlebt.

Eddie hätte die magische Nachricht lesen können, die in diesem Moment ununterbrochen aufblinkte. Sie lautete:

„An Edgar Petersen! Die magische Zoohandlung teilt mit: Das Auswahlverfahren läuft! Bald wirst du dein magisches Tier bekommen. Halte dich bereit. Viele Grüße! Die magische Zoohandlung.“

Doch das Heft lag zu Hause auf Eddies Schreibtisch. Im ersten Stock der gelben Italienvilla. Die Buchstaben leuchteten in grellem Grün vom Umschlag. „Halte dich bereit! Halte dich bereit!“
Sie blinkten und blinkten, ununterbrochen. Keiner bemerkte sie.

2. Kapitel

# „Gestatten, Morrison!"

Und so konnte Eddie nicht ahnen, dass der Besuch von Mortimer Morrison in der letzten Stunde etwas mit ihm zu tun hatte.

Es war 12:15 Uhr und die Klasse kam gerade vom Sportunterricht zurück. Die Schüler trotteten durch den gläsernen Übergang, der den modernen Turnhallen-Anbau mit dem alten Schulgebäude verband, als Silas plötzlich gegen die Scheibe schlug.

„Och nö. Nicht der schon wieder!“ Er deutete hinunter zum Parkplatz und machte Mortimer Morrisons kratzige Stimme nach. „Hex, hex, einer von euch bekommt jetzt eine magische Kakerlake …“
Helene sprang schnell an seine Seite. Wenn es darum ging, sich über den Inhaber der magischen Zoohandlung lustig zu machen, war sie sofort dabei.
„Oje! Mr. Morrison! Mit Schlapphut und grauem Kittel, wie immer.“ Sie rümpfte die Nase. „Hat der keine anderen Klamotten im Schrank? Der muss ja so was von stinken!“ Ihre Freundinnen kicherten.
Nur Anna-Lena sagte mutig: „Das ist gemein! Seine Tiere lieben ihn so, wie er ist.“ Caspar, das Chamäleon, saß auf ihrer Schulter und nickte zustimmend.
Jetzt drängelten sich auch die anderen an die Glasscheiben. Alle riefen durcheinander.
„Er trägt einen Käfig! Mit einem Tuch zugedeckt …“
„Hat er seine Elster dabei?“
„Ja, Pinkie hockt auf seiner Schulter!“
„Warum kommt er denn mit dem Fahrrad?“, wunderte sich Ida.

Tatsächlich! Mr. Morrison war gerade dabei, ein orangefarbenes altmodisches Klapprad an einen Baum zu lehnen. Wo war der alte Omnibus, mit dem er sonst immer unterwegs war?
„Wahrscheinlich ist der Schrotthaufen auseinandergefallen", lästerte Helene.
„Oder er macht eine Schlankheitskur?", fragte Schoki und sein magisches Tier Peperoni grunzte verächtlich. Von Schlankheitskuren hielt das Pinselohrschwein nicht viel.
„Ja, er könnte wirklich mehr Sport treiben", fand Jo und streckte seinen durchtrainierten Körper. Pinguin Juri stupste ihn stolz in die Seite.
„Hat von euch denn jemand eine Ankündigung für ein magisches Tier bekommen?", fragte Ida in die Runde, aber alle zuckten nur mit den Schultern.
Eddie jedenfalls bekam von alledem mal wieder nichts mit. Er war zurück in den Umkleideraum gelaufen, wo er seine Turnschuhe vergessen hatte.

Im Klassenzimmer war der Besucher auf dem Parkplatz fürs Erste vergessen. Denn Miss Cornfield wartete mit einem extra schwierigen Übungsdiktat, das die Klasse gehörig ins Schwitzen brachte. Schließlich sammelte Miss Cornfield die Hefte ein und drehte sich zu ihren stöhnenden Schülern um.

„Und jetzt habe ich eine Überraschung für euch!“ Alle, auch die Tiere, hoben die Köpfe. „Am kommenden Sonntag habe ich etwas ganz Besonderes mit euch vor. Ich möchte nämlich …“

In diesem Moment klopfte es an der Tür.

„Herein!“, rief die Lehrerin, verärgert über die Unterbrechung.

Die Tür ging einen Spalt auf.

„Ach“, sagte Miss Cornfield überrascht. „Heute schon?“

Eine Hand winkte sie in den Gang. Die Kinder sahen sich an: Mr. Morrison!

Die Lehrerin eilte nach draußen. „Ich bin gleich wieder da“, rief sie über die Schulter.

„Pass auf, jetzt krieg ich ein Krokodil, Alter“, grölte Silas und kickte mit der Faust gegen Jos Schulter.

Im nächsten Moment plapperten alle durcheinander. Wer war der Glückliche? Wer bekam heute sein magisches Tier?
Eddie hatte die Unterbrechung kaum mitbekommen. Was war denn los?
Er gähnte. Nur mit Mühe konnte er die Augen aufhalten. Er hatte gestern bis spät in die Nacht an einem Comic gezeichnet.
Schon war Miss Cornfield wieder da und das Gemurmel wurde leiser. Als sie die Rollläden hinunterließ und das Licht ausknipste, wurde es schlagartig still. Im Klassenzimmer war es jetzt stockdunkel.
Eddie stützte den Kopf in die Hand. „Was 'n los?", fragte er seinen Banknachbarn Max, der eigentlich immer über alles Bescheid wusste. Aber Max antwortete ihm nicht.
Eddie gähnte erneut. Es war so gemütlich im Klassenzimmer. So schön dunkel …
„Was soll der Quatsch?", zischte Helene.
„Abwarten", antwortete die Lehrerin. Es quietschte.

Anscheinend hatte sich Miss Cornfield auf den Gymnastikball gesetzt, den sie manchmal statt ihres Stuhls benutzte. Rabbat, der im Dunkeln hervorragend sehen konnte, wisperte Ida zu: „Miss Cornfield starrt auf die Tür. Gleich passiert was!"

Die Tür ging auf. In dem schmalen Lichtstreifen erschien Mortimer Morrison. Graues Haar quoll unter dem Schlapphut hervor, um den Hals trug er einen Schal. In der Hand hielt er den zugedeckten Käfig.

Durch die Tür drang noch immer ein wenig Licht herein und allmählich gewöhnten sich die Augen der Kinder an die Dunkelheit.

Der Inhaber der magischen Zoohandlung setzte den Käfig behutsam auf dem Boden ab.

„Gestatten, Morrison!" Er machte eine kleine Verbeugung. Die Elster auf der Schulter verneigte sich ebenfalls. Alle lachten.

Damit war die Anspannung gebrochen. Sie sahen, wie sich Mr. Morrison hinunter zu dem Käfig beugte und beruhigend auf jemanden einredete. Pinkie, die Elster, kletterte auf seinen Kopf und pickte in den grauen

Haarzotteln herum, die unter dem Hut hervorschauten.
Wieder riefen die Kinder durcheinander.
„Wer ist diesmal dran?“
„Wie soll in den Minikäfig denn ein Krokodil passen?“
„Ich hätte so gern ein Pony!“
„Wenn Mr. Morrison ein Pony hätte, wäre er wohl kaum mit dem Fahrrad gekommen“, bemerkte Rabbat, der Fuchs, und Ida meldete sich: „Mr. Morrison, wo ist denn Ihr Omnibus?“

Der Inhaber der magischen Zoohandlung richtete sich auf und räusperte sich.
„Äh, der Omnibus ist leider kaputt. Motor futsch, Licht aus.“

Er nahm seinen Hut vom Kopf und knetete ihn nervös in seinen Händen. „Kostet eine Stange Geld, den zu reparieren, das muss ich erst zusammenkriegen."
„Aber was ist mit den magischen Tieren? Die müssen Sie doch auf der ganzen Welt einsammeln, oder nicht?", fragte Anna-Lena besorgt. Ihr Chamäleon Caspar hatte erzählt, dass Mr. Morrison ständig herumreiste. Auf allen Kontinenten warteten magische Tiere darauf, dass Mr. Morrison mit seinem Omnibus vorbeikam und sie mitnahm. Caspar selbst zum Beispiel kam aus Madagaskar.
Mr. Morrison seufzte. „Das ist, äh, in der Tat ein Problem." Er kratzte sich am Kopf.

„Dann, hm, dann muss ich eben das Klapprad nehmen."
„Das Klapprad?", spottete Helene. „Das kann ja was werden!" Ihre Stimme nahm wie so oft einen fiesen Tonfall an. „Silas, wahrscheinlich kriegst du bald einen Regenwurm. Passt doch. Ha, ha!"
Miss Cornfield schnalzte mit der Zunge. „Ruhe jetzt!", fuhr sie Helene an.
„Wenn Helene so weitermacht, bekommt sie nie ein magisches Tier", flüsterte Rabbat Ida zu.
„Helene?" Ida schüttelte den Kopf. „Die doch nicht!" Aber wer dann? Irgendjemand musste eine Nachricht bekommen haben …
„Macht euch keine Sorgen", sprach Mr. Morrison weiter und setzte den Schlapphut wieder auf. „Ich habe ja einen Vorrat an Tieren in der magischen Zoohandlung." Er ließ seinen Blick durch das Klassenzimmer wandern. „Noch in dieser Woche kommt ein zweiter Glückspilz an die Reihe."
„Nein danke!", rief Helene, lehnte sich nach hinten und verschränkte die Arme hinter dem Kopf.

Mr. Morrison schlurfte mit seinen Lederstiefeln zur Tür und schloss sie mit einem Ruck.
Der Türknall ließ Eddie hochschrecken. Ups, er war tatsächlich eingenickt! Schnell blickte er auf. Im Klassenzimmer war es noch immer zappenduster. Max war neben ihm aufgestanden und Eddie ahnte, dass sein Banknachbar gerade tadelnd den Kopf schüttelte.
Es war ganz still in der Klasse. Niemand flüsterte. Niemand scharrte mit der Schuhsohle über das Parkett. Niemand raschelte mit Papier. Als an der Tafel Buchstaben aufblinkten, wusste jeder, was zu tun war. Einer nach dem anderen stand auf und Eddie schloss sich ihnen automatisch an. Die Buchstaben strahlten wie Neonreklame an einem Großstadtkino und tauchten Morrisons Gesicht in ein grünliches Licht. Die Kinder kannten die Worte längst auswendig, ihre Stimmen hallten im Chor durchs Klassenzimmer:

„Niemals, niemals sprechen wir
mit anderen über das magische Tier.

Die magische Zoohandlung ist streng geheim.
So soll es für immer und ewig sein."

In der Dunkelheit wirkte der Schwur noch geheimnisvoller als sonst. Als die Buchstaben verblassten, setzten sich alle wieder hin.
„Seid ihr bereit?", fragte Mr. Morrison.
„Ja", schallte es zurück.
„Aber wir sehen nichts", sagte jemand halblaut.
„Nun, unser magisches Tier ist sehr lichtempfindlich", drang die Stimme von Mr. Morrison durch das Klassenzimmer. „Aber gut, äh, Miss Cornfield, ein klein wenig heller vielleicht?"
Das Klackern von Miss Cornfields Absätzen war zu hören, dann öffnete sich der Rollladen. Nur ein ganz kleines Stückchen.
Mr. Morrison griff nach der Abdeckung und zog daran. Ganz langsam glitt das Tuch zur Seite.
Alle reckten die Köpfe. Nichts war zu erkennen.
„Was ist es denn?", traute sich endlich Ida zu fragen.
„Eine Fledermaus", antwortete Mr. Morrison stolz. Er

öffnete die Käfigtür und holte ein schwarzes Fellknäuel heraus. „Eine Fledermaus namens Eugenia. Sie wohnte bis vor kurzem in einer Burgruine. Edgar Petersen, kommst du bitte nach vorne?“
Nichts passierte.
Max knuffte Eddie in die Seite. „Hey, aufwachen!“, sagte er. Die Klasse lachte.
Man hörte ein Stuhlrücken.
„Du sollst nach vorne“, wiederholte Max. „Dein Tier!“
Im Zwielicht sah man, wie sich die Gestalt von Edgar langsam aufrappelte.
„M... Mein Tier?“, fragte er ungläubig. Träumte er noch? „I... Ich hab gar keine Nachricht bekommen“, stotterte er verwirrt. Er stolperte über einen Schulranzen, der im Weg stand. „Hoppala“, sagte Eddie.
„Hoppla“, sagte auch Mr. Morrison freundlich und streckte ihm auf der flachen Hand ein kleines, dunkles Etwas entgegen. „Bitte sehr, dein magisches Tier!“
„Äh“, murmelte Eddie. Er fühlte sich wie betäubt. „Danke. Das kommt, äh, ganz schön unerwartet.“

Eddie zwinkerte ein letztes Mal, dann begannen seine Augen zu leuchten. Er konnte es nicht glauben: Er war der Glückspilz, der ein magisches Tier bekam!
„Ich hab dir aber Bescheid gegeben", wunderte sich Mr. Morrison. „Ich hab Briefe geschickt, geheime Nachrichten in deinem Matheheft versteckt und sogar versucht anzurufen. Du musst das Klingeln überhört haben!"
Die Klasse kicherte. Typisch Eddie!
Vorsichtig nahm Eddie das zarte Fellknäuel von Mr. Morrisons Hand. Sein Herz klopfte. Tatsächlich, es war eine Fledermaus! Eine kleine magische Fledermaus! *Seine* magische Fledermaus!
„Willkommen zu Hause", flüsterte Eddie ins Fledermausohr und strich ihr sanft über die Stirn. Er setzte das kleine Tier vorsichtig in den Käfig, um das schützende Tuch wieder darüberzuziehen.
Eddie taumelte vor Glück, als er zurück zu seinem Platz ging. Er merkte nicht, wie schief er den Käfig dabei hielt. Das schwarze Wollknäuel kugelte hin und her.
„Auarich!", fiepte die Fledermaus.

Als es gongte, packten alle ihre Sachen zusammen. Mr. Morrison zeigte Eddie, wie er den Käfig mit dem Tuch umwickeln konnte. „Gib gut auf sie acht“, mahnte er.
„Versprochen“, antwortete Eddie und zupfte an dem Tuch herum. Er konnte es kaum erwarten, die kleine Fledermaus richtig kennenzulernen, aber er riss sich zusammen. Er war immer noch total durcheinander. Zu Hause hatte er mehr Ruhe …
Die Lehrerin begleitete Mr. Morrison zur Tür hinaus.
„Was wollte uns Miss Cornfield wohl sagen, bevor Morrison kam?“, fragte Max und verstaute seine Bücher ordentlich in der Schultasche. „Du weißt schon: die Überraschung am kommenden Sonntag.“
„Keine Ahnung“, antwortete Eddie mit einem glückseligen Lächeln. Er war mit seinen Gedanken ganz woanders: Er hatte ein Tier, sein eigenes magisches Tier!
Da eilte Benni auf ihn zu.

„Dürfen wir mitkommen?“, fragte er Eddie, während Henrietta neugierig den Kopf aus der Schultasche reckte.
Und Anna-Lena und Ida warteten schon an der Tür.
„Wir sind auch dabei!“, riefen sie.

Zu fünft marschierten sie die Lindenallee entlang, die vier Kinder und der Fuchs Rabbat, den allerdings kein Fußgänger sehen konnte. Caspar und Henrietta hatten es gut: Sie wurden getragen. Das Chamäleon saß bequem auf Anna-Lenas Schulter, die Schildkröte spitzte neugierig aus der Schultasche heraus.
Wie immer machte Henrietta fleißig ihre Leseübungen. Statt „Apotheke“ las sie „Popo-Theke“. Statt „Heute im Kino“ entzifferte sie „Heule im Kino“.
Aber Benni vergaß ganz sie zu verbessern. Er und die anderen gaben Eddie massenweise Tipps, wie er mit seinem magischen Tier umzugehen hatte.
Eddie nickte eifrig und versuchte sich alles zu merken. Er wusste jedoch noch nicht mal, wie er

gleichzeitig Turnbeutel und Käfig halten sollte, ohne dass das Tuch verrutschte. Er versuchte es mit der rechten Hand, mit der linken, klemmte den Käfig unter den Arm, balancierte ihn sogar für einen Moment auf dem Kopf. Alle merkten, dass Eddie mit seiner neuen Freundin heillos überfordert war.

Aus dem Inneren des Käfigs drangen empörte Piepsgeräusche, die aber nur Eddie hören konnte – und die anderen magischen Tiere.

„Eddie könnte ruhig ein bisschen vorsichtiger sein!", sagte das Chamäleon Caspar zu Anna-Lena. „Eugenia hat sich den Kopf angehauen!"

Auch Rabbat schnaubte entrüstet. „Das ist doch kein Sack Kartoffeln!"

Ida nickte eifrig. „Eddie, sei gefälligst mal vorsichtig mit deinem magischen Tier!" Sie schüttelte den Kopf. „Also ich muss jetzt los, ich muss meinen Eltern im Friseursalon helfen."

Sie schaute Eddie zweifelnd an. „Ob das so eine gute Idee von Mr. Morrison war …“
Immer noch kopfschüttelnd ging sie mit Rabbat in Richtung Johannisplatz.
Eddie schaute den beiden betroffen hinterher.
Henrietta gab Benni einen Schubser. Schnell klopfte Benni Eddie auf die Schulter.
„Hey“, sagte er aufmunternd. „Du kennst doch Ida, die macht sich immer so wichtig. Komm, gib mir deinen Sportbeutel und du kümmerst dich um dein Tier“, schlug er vor.
Eddie nickte dankbar. Doch auch als er nur noch den Käfig tragen musste, verrutschte dauernd das Tuch.
Anna-Lena half Eddie geduldig, es wieder zurechtzurücken. Sie lächelte. „Dein Fellknäuel ist total süß!“
Sanft nahm sie ihr Chamäleon von der Schulter und gab ihm einen zarten Kuss auf den Rücken. „Du wirst sehen, ein magisches Tier zu besitzen ist das Beste, das wirklich und total Allerbeste, was einem passieren kann.“

„Das glaube ich auch“, flüsterte Eddie. Seine Wangen glühten vor Aufregung. „Hoffentlich gefällt es Eugenia bei mir.“
„Aber ganz bestimmt.“ Anna-Lena nickte eifrig. „Mr. Morrison sucht immer das Tier aus, das perfekt zu seinem Menschen passt.“
„Genauerich!“, piepste es aus dem Käfig.
Der Käfig schrammte gegen eine Hauswand.
„Auarich!“

3. Kapitel

# Ein Lastwagen parkt am Johannisplatz

Der Johannisplatz war ein hübscher Platz, der von Häusern mit kleinen Balkonen eingerahmt wurde.
Hier gab es eine Bäckerei, den Fahrradladen – und den „Friseursalon Elfriede“, der von Idas Eltern, Herrn und Frau Kronenberg, geführt wurde.
Die Sonne brach hinter den Wolken hervor und brachte die bunten Fassaden zum Leuchten. Schön sah das aus. Aber heute hatte Ida keinen Blick für den

herrlichen Herbsttag. Sie war noch immer ganz aufgebracht.
„Eddie ist so ein Schussel!“, rief sie. „Dem kann man doch kein magisches Tier anvertrauen!“
Mit magischen Tieren kannte sie sich besser aus als jeder andere in der Klasse – schließlich hatte sie als Erste in der Klasse eines bekommen! Na ja, genauer gesagt gleichzeitig mit Benni.
Rabbat stupste sie in die Kniekehle. „Nicht so streng, Rotschopf. Mr. Morrison weiß schon, was er tut.“
In der Mitte des Platzes stand ein großer Kastanienbaum. Hier hatte Ida zu Beginn des Schuljahrs Benni kennengelernt. Sie war gerade frisch hergezogen und hatte sich ziemlich einsam gefühlt. Benni war damals mit seinem Skateboard unterwegs gewesen. Es hatte eine Weile gedauert, bis sie sich angefreundet hatten.
Benni war immer so langsam und verträumt, ganz anders als Ida. Doch mit Hilfe ihrer magischen Tiere verstanden sie sich jetzt richtig gut.
Meistens zumindest.

Die Kastanie war ein außergewöhnlich schöner und mächtiger Baum. Ida mochte ihn sehr. Von ihrem Kinderzimmer aus konnte sie mitten in die Blätterlandschaft schauen und vor sich hin träumen. Auch Rabbat liebte den Baum – er liebte alle Bäume. Kein Wunder, stammte der Fuchs doch aus den Wäldern Norwegens. Manchmal hielt er unter dem Baum sein Mittagschläfchen und atmete den Duft der Rinde und der Blätter tief ein.

Jetzt im Herbst sammelte Ida immer Kastanien auf. Die schönste polierte sie mit einem Taschentuch blitzeblank und steckte sie sich als Glücksbringer in die Jackentasche. Auch beim Übungsdiktat hatte sie heute eine dabeigehabt. Bestimmt würde sie null Fehler haben.

Ida hielt Ausschau nach einer neuen Glückskastanie, als ein Streifenhörnchen über den Weg sprang. „Leonardo!“, freute sich Ida. Auch Leonardo war ein Tier aus der magischen Zoohandlung. Stillsitzen konnte es nicht. Anstatt in der Zoohandlung herumzuhocken, büxte es lieber aus und streunte

durch die Gegend. Die alte Kastanie war einer seiner Lieblingsorte: Nirgendwo sonst konnte man so herrlich herumturnen.
Auch heute hatte es das Streifenhörnchen anscheinend mal wieder sehr eilig. Es schien Rabbat etwas zuzurufen, dann huschte es davon.
„Das klingt aber nicht gut", murmelte Rabbat. Seine Nackenhaare stellten sich auf.
„Alles in Ordnung?", fragte Ida beunruhigt.
Rabbat deutete mit dem Kopf auf einen grünen Lastwagen mit offener Ladefläche, der seitlich auf dem Platz parkte. „Gartenbaubetrieb Cipolla" stand auf den Seitentüren. „Wir pflegen Bäume fachgerecht." Zwei Männer in grünen Overalls hielten Meterstäbe in der Hand und unterhielten sich.
Rabbat knurrte tief und bedrohlich.
„Leonardo sagt, sie wollen Äste absägen", gab er an Ida weiter. „Von unserem Baum."
Ida riss die Augen auf. „Waaas? Das glaub ich nicht."
Ohne nachzudenken, eilte sie auf die beiden Männer zu. „Sie wollen Äste absägen?", fragte sie mutig.

Der eine, ein dicker Mann mit Schnurrbart, streifte sie mit einem kurzen Blick.
„Befehl aus dem Rathaus“, sagte er knapp. „Der Baum ist krank.“
„Hä?“, fragte Ida fassungslos. „Wo ist der bitte krank?“
In dem Moment krachte direkt neben ihr ein Ast nach unten.
Ida schreckte zurück und sah, dass mitten in dem Baum ein dritter Mann hockte und an den Ästen zerrte.
„Was machen Sie denn da?“, rief Ida empört. „Geht’s noch?“
„Nicht so frech, Kleine.“
Der Gärtner schob das braune Blättermeer zur Seite. Es knackste.
„Wir prüfen, ob der Baum an Altersschwäche leidet“, sagte er. „Sieht ganz so aus, als ob der Riese nicht mehr lange durchhält.“
Ida runzelte die Stirn. „So ein Quatsch! Das ist eine Kastanie. Die kann 300 Jahre alt werden. Das haben wir in der Schule gelernt.“

„Tja, dann schätze ich mal, dieses Exemplar ist genau 301 Jahre alt, Miss Neunmalklug“, antwortete der Mann und verschwand in dem Blättermeer.

4. Kapitel

# Eugenia

Während Ida beim Mittagessen ohne Appetit auf ihrem Pfannkuchen herumkaute, kickte Eddie in seinem Kinderzimmer Spielzeug und Zeichenblätter zur Seite und stellte den Käfig auf dem Holzboden ab. Von seinen Eltern war nichts zu sehen oder zu hören, wahrscheinlich waren sie im Atelier. Sie arbeiteten als Künstler und malten riesige Bilder, die auf Ausstellungen in Berlin und New York zu sehen waren.

Eddie war froh, dass er mit seinem magischen Tier alleine war. Er wollte schon das Tuch zur Seite ziehen, als ihn ein Stimmchen warnte: „Licht aus!“

Eddie schlug sich gegen die Stirn. Was war er nur für ein Schussel!

„Danke“, murmelte er in Richtung Käfig.

Er stolperte zum Fenster und schloss die Läden. Jetzt war es angenehm schummrig im Raum. Dann zog er das Tuch weg und öffnete das Gittertürchen.

Im nächsten Moment schoss ein kleines schwarzes Bündel zum Türchen heraus und breitete die Flügel aus.

„Endlich frei!“, jubelte Eugenia übermütig und machte einen Looping. „Super Bude! Ist das schönerich hier, yippie!“ Sie flatterte zum Lampenschirm und schwang hin und her. „So herrlich unordentlich. Ich lieberich Unordnung!“ Sie stieß sich wieder ab und flatterte um Eddies Kopf. „Wie in meiner Burgruine, nur viel, viel schönericher!“

„Das heißt schöner“, verbesserte Eddie sie automatisch. „Nicht schönerich.“

„Was du nicht sagst", japste Eugenia vergnügt. Schon flatterte sie weiter, hinüber zur Vorhangstange. Dort klammerte sie sich fest und schaukelte kopfüber vor und zurück.
„Grammaterich ist mir schnupperich!", rief sie von oben herab. „Hauptsache, du verstehsterich mich."
Erst jetzt fiel Eddie auf, wie gut er mit der Fledermaus sprechen konnte. Irgendwie fand er es sonst oft so schwierig, sich zu unterhalten. Aber mit Eugenia klappte die Verständigung problemlos.
„Wieso verstehe ich dich so gut?", fragte er verblüfft.
„Na, hör mal", sagte Eugenia empört. „Ich bin schließlich dein magisches Tier!"
Eddie setzte sich auf seinen Schreibtischstuhl. Mit großen Augen schaute er der baumelnden Fledermaus zu. „Woher kommst du?", flüsterte er.
„Ich komme aus Oberbayern", sagte die Fledermaus stolz. „Mr. Morrison hat mich mit seiner Knatterkiste abgeholt. Zumindest hatte er es versucht. Licht aus, Pannerich."

Sie kicherte. „Hübsche Bilder übrigens!“ Sie klappte lässig einen Flügel nach unten und deutete auf die Comics, die auf Eddies Schreibtisch lagen. „Sind das Verwandte von mir?“

Eddie musste lachen. „Batman! Ich habe Batman gezeichnet, eine berühmte Comicfigur. Das ist ein Superheld mit Fledermausohren.“

„Tollerich!“ Eugenia strahlte und sah die bunten Möbel und Wände an. „Wunderschönerich hier! Hast du das alles vollgemalt?“

Eddie nickte. „Meine Eltern malen auch.“

„Oh, das will ich sehen!“, rief Eugenia. „Zeigst du es mir?“

Eddie grinste und stand auf. „Aber gernerich.“

Eddie trug Eugenia sanft auf der flachen Hand und öffnete eine große Flügeltür. Seine Eltern standen mit dem Rücken zu ihm vor einer riesigen Leinwand. Sie waren von Kopf bis Fuß mit Farbe vollgekleckst.

„Hier ist das Atelier“, erklärte Eddie.

Die beiden drehten sich nicht einmal zu ihm um, so konzentriert waren sie bei der Arbeit.
„Genau, mein Schatz“, murmelte seine Mutter und malte einen roten Klecks.
„War es schön in der Schule?“, murmelte sein Vater und klatschte einen blauen Klecks an die Leinwand.
Eugenia warf einen neugierigen Blick auf das halb fertige Gemälde. Es zeigte einen lila Kohlkopf und jede Menge bunte Farbtupfer.
„Deine Zeichnungen gefallen mir besserlicher“, raunte Eugenia Eddie zu. Eddie grinste. Leise zog er die Tür wieder hinter sich zu.
„Oh, ich weiß, was dir gefallen wird!“, rief er auf einmal. „Gut festhalten!“
Mit Eugenia auf der Hand huschte Eddie die Treppe hoch in das Obergeschoss des alten Hauses. Dort ließ er die kleine Ausklappleiter hinunter und kletterte auf den Dachboden, der voll mit altem Gerümpel war. Erst hier in dem trüben Dämmerlicht fiel den beiden auf, dass sie gerade eben in einem lichtdurchfluteten Raum gestanden hatten!

Eddie fuhr der Schreck durch die Knochen. „Oje!", rief er. „Das Atelier! Viel zu hell für dich! Und im Treppenhaus waren wir auch! Du Arme!"
Er hob seine Hand hoch, so dass er der Fledermaus ins Gesicht sehen konnte. „Tun dir die Augen sehr weh?"
Eugenia zwinkerte vorsichtig. „N… nein", antwortete sie langsam.
Eddie schüttelte verzweifelt den Kopf. „So ein Mist! Mr. Morrison hat extra gesagt, ich soll gut auf dich aufpassen! Und was mach ich?" Er redete mehr mit sich selbst. „Ich trage dich an den hellsten Ort, den ich finden kann! Ich bin ein mieser Freund."
„Bist du nichterich!", widersprach Eugenia. Sie klang verwundert – und dann auf einmal überglücklich. „Ganz im Gegenteil!"
Sie breitete die Flügel aus und flatterte auf. „Mir ging es nie besserich, Eddie! Ich kann alles sehen!"
Aufgeregt spähte sie durch ein eingestaubtes Dachfenster. „Wolken! Vögel! Einen Kirchturm!"
Im Fliegen strich Eugenia mit dem Flügel den Staub zur Seite, wie ein kleiner Scheibenwischer.

„Rote Dächer! Blauer Himmel!“ Staunend drehte sie sich zu Eddie um. „Eddie! Das ist alles so schönerich! Und das Licht macht mir nichtserich aus! Mach alle Fenster auf, Eddie! Bitte!“
„Bist du dir sicher?“, fragte Eddie zögerlich.
Die Fledermaus nickte.
Eddie öffnete das erste der drei Dachfenster.
Helles Tageslicht strömte herein.
Er öffnete die nächste Luke.
Staubkörner tanzten durch die Luft.
Das dritte Fenster.
Der Dachboden begann zu leuchten.
In einer Ecke hing ein alter Vorhang, jetzt konnte man erkennen, dass er lila war. Vollgekleckste Farbeimer standen auf dem Boden. In einem Regal lagen Kasperlefiguren aus Eddies Kindergartenzeit und Bilderbücher.
„Ich kann alles sehen!“, wiederholte Eugenia fassungslos. „All die Farben! Eine ganz neue Welt!“ Ungläubig schaute sie sich um. „Bisher kannte ich nur die Nacht und Dunkelheit und die alte Burgruine.

Aber zusammen mit dir, Eddie, kann ich aucherich tagsüber herumfliegen. Danke, danke, lieber Eddie!"
Verlegen scharrte Eddie mit den Füßen. „Äh, ich hab doch gar nichts gemacht."
„Doch! Doch! Wenn es dich nicht gäbe", Eugenia legte den Kopf schief und strahlte Eddie an, „dann wäre ich jetzt nichterich hier. Wir beide, wir sind füreinander bestimmt!"
Eine kleine Fledermausträne kullerte aus ihrem Auge. Eddie wusste nicht, was er sagen sollte, so gerührt war er.

5. Kapitel

# Eddie und Eugenia in der Schule

Am Dienstagmorgen weckte Eugenia Eddie pünktlich auf. Sie knabberte an seinem Ohrläppchen und wünschte ihm leise „Guten Morgen“. Sie lasen zusammen den Stundenplan durch und Eugenia achtete darauf, dass Eddie alles einpackte. Fünf Minuten später waren sie startklar.

„Eugenia kann Farben sehen!“, verkündete Eddie fröhlich, als er mit der Fledermaus auf der Hand das

Klassenzimmer betrat. „Sie hat einen Sprachfehler. Voll lustig klingt das! Also sie sagt zum Beispiel ‚tollerich' statt ‚toll' und so, und bevor sie in die magische Zoohandlung kam, wohnte sie in Oberbayern."

Die anderen hörten überhaupt nicht zu.

Dann halt nicht. Gut gelaunt schlenderte Eddie zu seinem Platz, wo Max aufmerksam in seinem Erdkundebuch las.

Ups, das hatte er ja ganz vergessen! Miss Cornfield wollte heute die Bundesländer und ihre Hauptstädte abfragen.

Schnell schlug Eddie seinen Atlas auf. Doch statt der Deutschlandkarte blinkte ihm eine grüne Leuchtschrift entgegen.

Erinnerung an Regel Nummer eins
Wir sprechen in Anwesenheit von Fremden
nicht über die uns anvertrauten Tiere.
Viele Grüße!
Die magische Zoohandlung

Fremde? Eddie schaute um sich.
Niemand beachtete Eugenia.
Max blätterte neben ihm die Seite um. Vor ihm schob Benni unauffällig seinen Schuhkarton hinter den Vorhang. Anna-Lena verzierte ihr Hausaufgabenheft mit Strichmännchen. Helene erzählte ihren Freundinnen von ihrem Primaballerina-Tanzkurs. Ida kaute nachdenklich auf ihrer Unterlippe herum.
Und die magischen Tiere wirkten auf einmal – irgendwie leblos. Wie versteinert.
Als sich Eddie weiter umdrehte, wurde ihm mit einem Schlag alles klar: Hinten an der Wand war Hausmeister Wondraschek damit beschäftigt, neue Fußbodenleisten zu montieren. Er hatte das Sofa zur Seite geschoben und werkelte mit Hammer und Bohrer missmutig vor sich hin.
„Alte Bruchbude", schimpfte er und bohrte ein Loch in die erste Leiste. „Macht viel zu viel Arbeit."
Nur einen Meter von ihm entfernt versteckte sich Juri, der Pinguin, zwischen den Kitteln für den Kunstunterricht, die am Kleiderständer hingen.

Er hielt die Luft an und atmete ganz flach, wie es ihm Mr. Morrison in der magischen Zoohandlung beigebracht hatte. Das gehörte zum „Versteinern“ dazu. Max klappte sein Buch zu und schob Eddie einen Zettel zu.

Wie läuft's mit Eugenia??? Bin so gespannt!!!

Die Lehrerin betrat das Klassenzimmer im lilafarbenen Samtmantel, der ihr fast bis zu den Knöcheln reichte. Sie stutzte einen Moment, als sie den Hausmeister mit seinem Werkzeugkasten sah, begann dann aber ganz normal mit dem Unterricht.

„Die Hauptstadt von Baden-Württemberg? Schoki?“

„Stuttgart!“

„Von Sachsen? Jo?“

„Äääh, keine Ahnung …“

Miss Cornfield runzelte die Stirn. „Falsch. Helene?“

„Leipzig?“

„Falsch.“ Miss Cornfield zog die Augenbrauen hoch. Sie deutete auf Max. „Wie heißt die Hauptstadt von Sachsen?“

„Dresden“, antwortete Max, der nicht umsonst den Spitznamen „der Professor“ hatte. Er schrieb immer gute Noten. Nur einmal, als er die Hausaufgabe in Hieroglyphen statt in normaler Schrift abgab, bekam er eine Sechs. Obwohl er eine Tabelle zum Übersetzen der ägyptischen Schriftzeichen beigelegt hatte.
„Die Hauptstadt von Bayern?“, fragte Miss Cornfield weiter.
„Die kennerich ich“, rief aufgeregt ein Stimmchen neben Eddie. „Die Hauptstadt von Bayern! München! Streck den Fingerich hoch!“
Eddie zögerte kurz, dann grinste er und hob die Hand. Alle warteten gespannt.
„Äh … Edgar?“ Auch Miss Cornfield schien überrascht.
„München“, antwortete Eddie und lächelte.
Alle sahen ihn verblüfft an. Noch vor wenigen Tagen hätte er bestimmt nur „Mmmmf“ herausgebracht und alle hätten gelacht.
„Danke, Eugenia“, flüsterte Eddie ihr zu. „Du bist die Beste!“

So ging das die ganze Stunde hindurch.

Herr Wondraschek klopfte eine Leiste nach der anderen an die Wand und schaute überhaupt nicht in ihre Richtung. Und Eugenia half, wo sie nur konnte. Eifrig spitzte sie ihre kleinen Fledermausohren und gab alle Fragen an Eddie weiter.

Und Eddie wusste eine Menge Antworten! Die ganze Klasse staunte.

Je mehr Antworten Eddie richtig hatte, umso aufgeregter wurde Eugenia. Schließlich hielt sie es nicht mehr aus und flatterte hoch. Sie klammerte sich an das Mobile, das die Klasse gemeinsam im Handarbeits-unterricht gebastelt hatte und

das ziemlich verstaubt direkt über Eddie hing. Dort baumelte sie hin und her, rief Eddie weiter die Fragen der Lehrerin zu, flog hinüber zur Deckenlampe und kehrte gleich wieder zum Mobile zurück.
Zum ersten Mal bekam Eddie so richtig mit, worum es im Unterricht eigentlich ging. Die Stunde verging für ihn wie im Flug. Als es am Ende hieß: „Eddie, kannst du bitte Tafel putzen", ging Eddie nach vorne, nahm den Schwamm und putzte die Tafel. Noch vor wenigen Tagen hätte Miss Cornfield ihn zwei oder drei Mal bitten müssen, alle hätten ihn ausgelacht, und weil sowieso schon alle lachten, hätte Eddie extra noch irgendeinen Quatsch gemacht. Heute nicht.
Auch Herr Wondraschek war mit seiner Arbeit fertig geworden. Mit viel Geschepper ließ er Bohrer, Hammer und Nägel in den Werkzeugkasten fallen. „Geschafft", ächzte er. Er erhob sich und stieß dabei gegen Miss Cornfields Gymnastikball. Der große Sitzball kullerte in Richtung Kleiderständer und rollte in den Pinguin hinein. Juri bewegte sich nicht.
Der Hausmeister nickte Miss Cornfield kurz zu, schon

war er draußen. Die magischen Tiere hatte er weder gesehen noch gehört.
Erleichtert ließ sich die Lehrerin auf ihren Stuhl fallen. „Das Versteinern klappt wirklich gut." Sie wischte sich den Schweiß von der Stirn. „Aber Eugenia! Das nächste Mal versteinerst du auch. Verstanden? Hat sie das verstanden, Eddie?"
Eddie nickte erschrocken und Eugenia ebenso.
Erst jetzt merkte die Klasse, wie nervös Miss Cornfield gewesen war. Sie war noch nicht lange Lehrerin an der Wintersteinschule und hatte immer Angst, dass das Geheimnis der magischen Tiere aufflog.
„Zum Glück ist alles gut gegangen", japste sie. „Ich freue mich, Eddie, dass du heute so gut mitgemacht hast." Sie nickte Eddie anerkennend zu.
Eddie wurde rot vor Freude. Er konnte sich nicht erinnern jemals in der Schule gelobt worden zu sein.
Miss Cornfield atmete noch einmal tief durch und stand auf. „Und jetzt erzähle ich euch endlich, was ich am Sonntag mit euch vorhabe: Jetzt kommt sie, die große Überraschung!"

Alle warteten gespannt.
„Wir machen eine Lesenacht!"
„Ausgerechnet", stöhnte Henrietta im Schuhkarton.

6. Kapitel

# Die verbotene Tür

Miss Cornfield kam ins Schwärmen, als sie erzählte, wie sie sich die Übernachtung im Schulhaus vorstellte. „Wir legen Matten und Schlafsäcke in einem der Turmzimmer aus und lesen schöne Bücher." Sie blickte in die Klasse. „Die Mädchen schlafen im ersten Stock, die Jungen im zweiten. Mit dem Hausmeister ist schon alles besprochen. Am Montagmorgen gibt es frische Brötchen und Kaba für alle."

Beim Stichwort „Kaba“ japsten die beiden Schleckermäuler Schoki und Peperoni vor Vorfreude. Viele Finger flogen in die Luft.
„Dürfen wir uns auch eigene Geschichten ausdenken?“
„Machen wir eine Nachtwanderung?“
„Wie lange dürfen wir aufbleiben?“
„Wir lesen, bis uns die Augen zufallen“, erklärte Miss Cornfield weiter. „Natürlich dürft ihr euch auch selbst Geschichten ausdenken. Und ja, vielleicht machen wir sogar eine Nachtwanderung.“ Ihr Blick wanderte zum Fenster, vor dem sich finstere Wolken ballten. Es war plötzlich ganz dunkel im Klassenzimmer. „Wenn das Wetter passt.“
Sie knipste die Leselampe an, die auf ihrem Pult stand. Gemütlich sah das aus.
Miss Cornfield ging um ihr Pult herum und kramte in ihrer Schublade. „Es steht auch alles noch mal auf diesen Zetteln.“ Sie wedelte mit einem Packen Papier durch die Luft. „Eure Eltern wissen schon Bescheid. Wir haben beim letzten Elternabend alles besprochen. Es sollte eine Überraschung werden. Na, was sagt ihr?“

„Juhu!“, schallte es durch das Klassenzimmer.
Nur Henrietta maulte leise: „Na toll. Die ganze Nacht lesen.“
„Ist doch eine gute Übung“, tröstete Benni die kleine Schildkröte. „Versuch's gleich mal!“ Er schob ihr sein Heft hin, auf dem „Hausaufgaben“ stand.

Henrietta kniff die Augen zusammen: „Mausausgraben.“
Die Lehrerin begann die Zettel zu verteilen. „Handys sind natürlich verboten“, sagte sie und wanderte von Platz zu Platz. „Bringt stattdessen so viele Bücher mit, wie ihr tragen könnt.“
Helene nörgelte: „Sonntag kann ich nicht. Da gehen meine Eltern und ich immer Sushi essen.“
„Diesen Sonntag gibt's Pizza“, erwiderte Miss Cornfield. „Wir lassen sie uns ins Schulhaus liefern. Auch das ist bereits mit euren Eltern abgesprochen.“
„Lecker“, rief Schoki und rieb sich den Bauch.
Ida schnippte mit dem Finger. „Dürfen die Tiere auch mit?“

„Natürlich", nickte Miss Cornfield und drückte ihr den Elternzettel in die Hand. „Alle sieben!"
Sieben? Ida schaute die Lehrerin überrascht an.
„Rabbat, Caspar, Eugenia, Henrietta, Peperoni, Juri", zählte sie laut. „Wir haben doch nur sechs Tiere!"
„Bis Sonntag werden es sieben sein", antwortete Miss Cornfield geheimnisvoll.
In diesem Moment ging die kleine Leselampe auf Miss Cornfields Pult aus.
„Na so was …" Miss Cornfield ging zur Tür und drückte auf den Lichtschalter der Deckenlampen.
Nichts passierte.
„Stromausfall", stellte sie fest.
„Bestimmt hat der Hausmeister vorhin Mist gebaut", meinte Silas. „Vielleicht hat er ein Kabel angebohrt oder so."
Miss Cornfield versuchte den Tageslichtprojektor zu starten – nichts.
Sie seufzte. „Wer sagt Herrn Wondraschek Bescheid?", fragte sie.
Eugenia zwinkerte Eddie zu. „Los, wir machen das!"

Sie streckte und reckte die Flügel. „Ich muss ein bisschen fliiiiiiegen!“ Schon flatterte sie durch das dämmrige Klassenzimmer.
Miss Cornfield, die die Fledermaus zur Tür flitzen sah, nickte. „Ab mit euch! Herr Wondraschek ist sicher im Technikraum.“
„Was machen wir?“, murmelte Eddie verwirrt, der wieder einmal nicht alles mitbekommen hatte, eilte dann aber Eugenia einfach hinterher. Raus aus dem Klassenzimmer war immer gut.
Wie leicht alles war, wenn man ein magisches Tier besaß!
„Vorsicht, Stufe!“, warnte Eugenia ihn beim Hinuntergehen. Eddie stolperte kein einziges Mal.
Der Hausmeister Willi Wondraschek war nicht im Technikraum. Auch nicht in seinem Kiosk. Sie suchten drinnen und draußen. Eddie klingelte an seinem Bungalow und klopfte am Schuppen im Schulgarten.
„Komisch“, murmelte Eddie.
Als sie schon wieder auf dem Rückweg zum Klassenzimmer waren, sahen sie in einem Seitengang

der Pausenhalle einen grauen Kittel hinter einer Tür verschwinden.

„Na so was“, sagte Eddie verdutzt.

Es war eine ganz besondere Tür.

Darauf klebte ein großes Schild:

Eigentlich war sie immer abgeschlossen.

Heute stand sie einen Spalt offen.

„Die verbotene Tür“, flüsterte Eddie und begann zu zittern. „Was will denn der Hausmeister da drin?“

Eugenia zögerte keine Sekunde. „Wir haben einen Auftrag“, rief sie unverdrossen. „Hinterhererich!“

Schon war sie in dem dunklen Gang verschwunden.

Eddie wurde es heiß und kalt zugleich. „Bleib hier!“, rief er. Eugenia hatte ja keine Ahnung!

„Perfekte Lebensbedingungen für Fledermäuse“, rief sie Eddie zu. „Schön muffig, schön dunkel!“

„Eugenia!“ Eddie machte die Tür etwas weiter auf und starrte in das schwarze Loch: Der Gang schien endlos lang zu sein. Er spürte einen kalten Windhauch. Er fröstelte.

Der Keller des Grauens … Die älteren Schüler erzählten den jüngeren die unheimliche Geschichte des Schulgründers Wunibald von Winterstein, der seine Schüler quälte.

„Nach seinem Tod begrub man ihn nicht auf dem Friedhof, sondern ließ ihn einfach im Verlies verrotten“, raunten sie. „Dort spukt er noch heute als Skelett herum.“

Eddie bekam schon Gänsehaut, wenn er nur daran dachte. Auf gar keinen Fall würde er da hineingehen!

„Komm zurück!“, rief Eddie seiner kleinen Freundin hinterher. Konnte Eugenia ihn überhaupt noch hören?

„So viele dunkle Gänge!“, kam es zurück. „Einfach herrlicherich!“

In diesem Augenblick bog Frau Bergmann, die Sportlehrerin, um die Ecke. „Edgar Petersen, was machst du denn hier?“, fragte sie verdutzt.

„Ab zurück ins Klassenzimmer, aber sofort!“ Sie deutete auf das Türschild. „Kannst du nicht lesen?“
„Herr Wondraschek ist da drin“, erklärte Eddie schnell. „Ich soll ihm wegen des Stromausfalls Bescheid sagen.“
Frau Bergmann runzelte die Stirn. „Da drin? Ach was, da musst du dich getäuscht haben.“ Sie griff nach der Türklinke. „Schau mal im Technikraum nach.“
„Äh … da ist er nicht“, stotterte Eddie und stellte den Fuß in die Tür. Verzweifelt schaute er in den Gang. Eugenia! Er konnte seine kleine Freundin doch nicht zurücklassen!
„Abmarsch!“ Frau Bergmann drückte die Türklinke nach unten und versuchte Eddie beiseitezuschieben. Eddie blieb hartnäckig stehen.
„Was soll das denn …“ Frau Bergmann wurde ungeduldig.
In diesem Moment kam aus der Dunkelheit etwas angebraust wie ein kleines Düsenflugzeug. Es schoss durch die Türöffnung und verkroch sich sofort in Eddies Pulloverärmel.

„Puh, das war knapperich", japste Eugenia.
Endlich trat Eddie zur Seite und Frau Bergmann schloss die Tür.
„Wenn ich dich noch einmal hier erwische, melde ich das dem Direktor", mahnte sie. „Schüler haben hier nichts zu suchen. Verstanden?"

7. Kapitel

# Sorgen um den Omnibus

Als Eddie und Eugenia zurück ins Klassenzimmer kamen, war es dort noch genauso dunkel wie zuvor.
„Hast du den Hausmeister gefunden?“, fragte Miss Cornfield.
Eddie zuckte mit den Schultern und schüttelte den Kopf.
Die Lehrerin seufzte. Sie hatte noch ein paarmal erfolglos an den Schaltern herumgeknipst und

schließlich beschlossen, zur Vorbereitung auf die Lesenacht über die Märchen der Gebrüder Grimm zu sprechen.

Ein Wort stand an der Tafel.

„Runkelrübchen", las Henrietta.

„Rumpelstilzchen", verbesserte Benni.

„Die zwei Brüder hießen Jakob und Wilhelm Grimm", begann Miss Cornfield, „und lebten vor über 200 Jahren in der Nähe von Hanau. Die Brüder wanderten von Dorf zu Dorf. Sie sammelten die Geschichten, die sich die Menschen abends bei Kerzenschein in ihren Wohnstuben erzählten, und schrieben sie auf. Zum Glück, denn so können wir noch heute die Märchen vom Dornröschen oder dem tapferen Schneiderlein lesen …"

Die Kinder hörten aufmerksam zu. Wie sie so dastand, in ihrem langen Mantel und dem Amulett um den Hals, sah die Lehrerin selbst ein wenig aus wie eine Märchenfigur. Fast wie eine Hexe. Nur die Stricknadeln im Haar, mit der die Lehrerin immer ihre Locken bändigte, passten nicht ganz ins Bild …

„Oft können wir uns in einer Figur wiederfinden. Wer von uns möchte nicht gern reich sein wie ein König oder hübsch wie eine Prinzessin?“
Die Stunde war so gemütlich und Miss Cornfield sprach mit so warmer Stimme, dass ein Tier nach dem anderen einschlief. Rabbat knurrte zufrieden auf Idas Schoß, Henrietta schnarchte leise im Schuhkarton. Eugenia hatte sich in den Ärmel von Eddies Kapuzenpulli verkrochen. Juri saß mit geschlossenen Augen auf Jos Schoß.
„Ich freue mich auf die Lesenacht“, sagte Anna-Lena und drückte ihre Stupsnase gegen die raue Haut ihres Chamäleons.

Nach Schulschluss blieben alle Kinder, die magische Tiere besaßen, noch eine Weile im Klassenzimmer. Schließlich wollten sie ihre schlummernden Tiere ganz behutsam aufwecken.
Miss Cornfields Worte spukten ihnen noch durch den Kopf.

„Also wenn ich so reich wäre wie ein König, würde ich mir einen Porsche kaufen“, verkündete Jo und klopfte seinem Pinguin sanft auf die Schulter. „In Antarktisblau.“ Juri reckte sich verschlafen.
„Wenn ich König wäre“, überlegte Schoki und bekam leuchtende Augen bei der Vorstellung, „würde ich an alle Berge von Süßigkeiten verteilen.“
Anna-Lena hatte eine noch bessere Idee. „Wenn ich Stroh zu Gold spinnen könnte wie Rumpelstilzchen, dann würde ich das Gold Mr. Morrison geben, damit er endlich seinen Omnibus reparieren kann.“
„Ist denn der Bus immer noch kaputt?“, wunderte sich Benni. Aus dem Schuhkarton, den er mit beiden Händen hielt, drangen Schnarchtöne. Er hatte es nicht übers Herz gebracht, Henrietta aufzuwecken.
Eddie nickte. Eugenia war aus seinem Ärmel gekrochen und half ihm wie immer alles zu verstehen. „Also gestern früh war er auf jeden Fall noch futsch. Und seitdem hat ihn ja niemand damit herumfahren sehen, oder?“
Alle schüttelten den Kopf.

„Ohne Omnibus gibt es keine neuen Tiere“, sagte Benni düster. „Was können wir nur tun?“
Er blickte Ida an, die den ganzen Tag auffallend still gewesen war.
Auch jetzt sagte sie kein Wort. Sie kraulte Rabbat sanft im Nacken. Der Baum auf dem Johannisplatz ging ihr nicht aus dem Kopf. Wenn eine gute Fee mir einen Wunsch erfüllen würde, dachte sie, würde ich die Kastanie retten.
„Er hat ja gesagt, es gibt noch ein paar Tiere auf Vorrat“, überlegte Jo.
„Klar“, antwortete Eugenia und gähnte müde. „Ashanti, die Giftschlange, isterich noch übrig.“
Eddie zuckte zusammen. Er wiederholte, was Eugenia gesagt hatte, und die anderen wurden blass.
„Ashanti“, flüsterte Schoki.
„Das siebte Tier“, sagte Anna-Lena leise.
Einen Moment lang sagte niemand etwas.
Die Vorstellung war wirklich gruselig!
Die Schlange Ashanti war eine Schwarze Mamba und gehörte zu den gefährlichsten Tieren der Welt.

Ihr Gift konnte innerhalb von wenigen Minuten einen Menschen töten. Wollte Mr. Morrison sie tatsächlich einem Kind anvertrauen?

„Vielleicht weiß Miss Cornfield mehr." Anna-Lena schluckte. „Gleich morgen werde ich sie fragen."

Die Freunde machten sich auf den Weg.

Und Eugenia blinzelte verschlafen, dann kroch sie zurück in die warme Höhle des Pulloverärmels und ließ sich von Eddie nach Hause schaukeln.

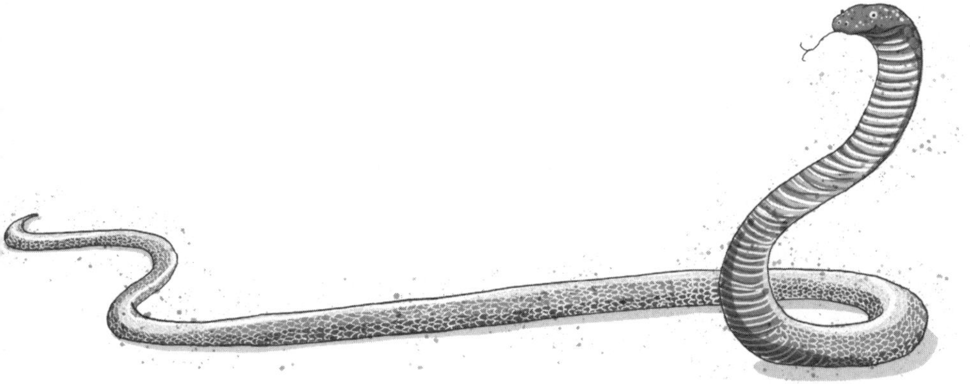

8. Kapitel

# Wer hält zu Ida?

Der Duft von Apfelstrudel zog durchs Haus, als Ida und Rabbat nach diesem Schultag die Treppe hoch zu ihrer Wohnung stapften. Es roch wirklich lecker, doch Ida musste sich noch ein wenig gedulden. Ihre Eltern waren noch im Friseursalon beschäftigt.
Sie warf einen sehnsüchtigen Blick in den Backofen, wo der Strudel schon auf kleiner Hitze wartete.
„Hunger …“, murmelte Ida.

„Und ich erst“, knurrte Rabbat.
Ida holte für sie beide ein paar Schokokekse und warf einen Blick in die Zeitung, die auf dem Küchentisch lag.
„Tief Joachim bringt viel Regen“, las Ida laut vor. Wie zur Bestätigung donnerte es draußen. Rabbat zuckte erschrocken zusammen.
Ida setzte sich auf den Küchenstuhl und klopfte auf ihren Schoß.
Rabbat sprang zu ihr hoch und schmiegte sich eng an seine Gefährtin.
Gemütlich knabberten sie Kekse, während draußen der Regen einsetzte. Ida blätterte die Zeitung durch. Als sie die Seite mit den Stadtnachrichten aufschlug, schnappte sie nach Luft.
„Das ist ja bei uns!“, rief sie verdutzt. Tatsächlich, ein Foto zeigte den Johannisplatz. Ein Mann in einem grünen Overall stand vor seinem Kleinlaster und schaute besorgt. In der Hand hielt er eine Motorsäge. Ihre Augen flogen über die Zeilen und vor Wut blieben Ida beinahe die Schokokrümel im Hals stecken.

„Das darf doch nicht wahr sein", rief sie empört. „Sie wollen den Kastanienbaum fällen! Nicht nur ein paar Äste abschneiden, sondern fällen. Fäl-len!"
Rabbat hob entsetzt die Schnauze. „Was sagst du da?"
Ida hätte am liebsten die Zeitung zusammengeknüllt und in die Ecke geworfen, so wütend war sie.
Stattdessen bohrte sie den Finger in das Foto. „Hier", keuchte sie, „sieh doch!"
„Vorlesen, Rotschopf", bat Rabbat.
Ida beugte sich über den Artikel. „Die alte Kastanie ist eine Gefahr für Fußgänger", las sie stockend. „Nach Auskunft von Experten ist nicht auszuschließen, dass morsche Zweige spielenden Kindern auf den Kopf fallen. Deswegen muss der Baum weg." Ida ließ die Zeitung sinken. „Spielende Kinder! So ein Quatsch! Denen fällt höchstens mal eine Kastanie auf den Kopf!" Sie las weiter. „Die bevorstehenden Herbststürme und die Schneelast im Winter erhöhen die Gefahr." Ida ahmte die Stimme eines Rathaussprechers nach. „Wir müssen reagieren und den Baum fällen. Alles andere wäre unverantwortlich."

Sie sprang auf. „Ich weiß genau, was unverantwortlich ist“, rief sie. „Diesen wunderbaren Baum einfach so sterben zu lassen. Ein Verbrechen ist das!“

Idas Augen huschten über die Zeilen. „Die frei werdende Fläche ist ideal für neue Parkplätze, die am Johannisplatz dringend benötigt werden.“ Sie schnaubte. „Aha, darum geht es also! Das könnte denen so passen.“

Ida schnappte sich die Zeitung, hielt Rabbat fest im Arm und stürmte nach unten in den Friseursalon.

„Mama, Papa, habt ihr das schon gelesen?“, rief sie wütend und knallte den Artikel auf den Frisiertisch. „Die wollen die Kastanie fällen!“
Frau Kronenberg seufzte. „Ach Ida, Schätzchen, ich weiß. Da kann man nichts machen.“
„Was?“ Idas Augen funkelten. Rabbat lag stocksteif in ihren Armen. Für die Erwachsenen im Friseursalon sah der Fuchs wie ein Plüschtier aus.
Wie ein ziemlich zorniges Plüschtier allerdings.
„Das sind Behörden, Ida“, sagte auch ihr Vater und rasierte einem jungen Mann die Nackenhaare. „Nimm's nicht so schwer. Kannst du bitte den Strudel aus dem Ofen holen?“
Ida sagte gar nichts mehr. Sie sah nach draußen, wo der Herbstregen das Laub von der Kastanie fegte. Leonardo huschte den Stamm hinunter und pfiff ihr zu. Ida winkte traurig zurück.

Am Mittwochmorgen hielt Ida in der Schule eine flammende Rede.

„Sicher habt ihr alle den Artikel in der Zeitung gelesen!", rief sie. „Der alte Kastanienbaum auf dem Johannisplatz soll gefällt werden! Befehl aus dem Rathaus!" Ida hatte ganz rote Backen vor Aufregung. Rabbat, der neben ihr stand, schaute bewundernd zu ihr auf. Wie gut der Rotschopf das machte!

Ida stand im Gang vor dem Klassenzimmer, die Kinder aus den anderen Klassen strömten an ihr vorbei.

„Die Kastanie ist das Herz des ganzen Wohnviertels. Eine Zuflucht für Menschen und Tiere. Der Johannisplatz wird trostlos aussehen ohne diesen Baum." Idas Stimme hallte durch den Schulflur. „Wir müssen ihn gemeinsam retten. Wir werden protestieren! Alle zusammen! Die Kastanie darf nicht sterben!"

Helene, die sich von ihrer Freundin Katinka den rosa Prinzessinnen-Rucksack nach oben tragen ließ, warf Ida einen spöttischen Blick zu. „Oho, Ida rettet mal wieder die Welt", lästerte sie. „Mein Freund, der Baum, was? Tja, wenn man keine anderen Freunde hat …"

Sie warf den Kopf hoch und stolzierte an Ida vorbei. Katinka, die immer genau das Gleiche wie Helene tat, kicherte ebenfalls.
Rabbat knurrte den beiden böse nach.
Ida achtete gar nicht auf sie. Sie packte Jo am Ärmel, der gerade zum Klassenzimmer schlenderte. „Jo, warte! Hast du den Artikel gelesen? Da müssen wir was tun!"
„He, mach dich mal locker!" Jo schüttelte sich frei und zeigte hinunter zum Schulgarten. „Da draußen stehen jede Menge Bäume. Reicht doch, oder?" Er eilte Juri hinterher, der vorausgewatschelt war.
Ida rieb sich die Augen.
„Was ist los mit euch?", rief sie verzweifelt. Sie war den Tränen nah. „Ist euch denn alles egal? Der Baum ist total schön! Leonardo, das Streifenhörnchen, turnt gern darin herum und Rabbat liegt oft darunter und …"
Niemand hörte ihr zu. Schoki kam und warf ein leer getrunkenes Kabapäckchen in hohem Bogen in den Papierkorb.

„Habt ihr das gesehen? Volltreffer!", rief er. „100 Punkte!"

Peperoni grunzte stolz.

Da, endlich! Benni kam auf sie zu.

„Der arme Baum", sagte er. „Meine Eltern haben gesagt, das ist schon ewig geplant. Da kann man nichts machen." Er zuckte mit den Schultern. „Sag mal, kann ich schnell noch Mathe von dir abschreiben? Ich hab's total vergessen."

Ida zog wortlos ihr Heft aus der Tasche und sah, wie Benni damit im Klassenzimmer verschwand. Sie verstand die Welt nicht mehr. Und Rabbat ging es genauso.

„Wir müssen das alleine durchziehen", sagte Ida kläglich.

„Ich helf dir, Rotschopf", antwortete Rabbat. „Wir schaffen das schon." Besonders zuversichtlich klang er nicht.

Am Donnerstag stand der nächste Bericht in der Zeitung. Diesmal hatten die Journalisten genauer nachgefragt.
„Aha!“, rief Ida beim Frühstück. „Sehr interessant! Die Kastanie ist gar nicht so krank, wie der Bürgermeister und die Stadträte behaupten. In Wirklichkeit geht es denen allein um Parkplätze.“ Aufgeregt sah sie ihre Eltern an. „Hört mal zu, was dieser bescheuerte Bürgermeister sagt: ‚Der Kundschaft der Geschäfte rund um den Johannisplatz ist es nicht zuzumuten, ihre Einkäufe zu Fuß zu erledigen‘“, las sie vor. „‚Wir brauchen die Parkplätze zur Belebung der Innenstadt.‘ Am Montag um neun Uhr treffen sich der Bürgermeister und die Stadträte zur Ortsbesichtigung. Dann fällt die Entscheidung.“
Ida warf die Zeitung auf den Tisch. „Die sind doch verrückt. Parkplätze! Aber das können sie vergessen! Ich hab einen Plan!“ Sie sprang so heftig auf, dass ihr Stuhl nach hinten kippte. Fast wäre er auf Rabbat gekracht.
„Entschuldigung, Rabbat“, entfuhr es ihr.

„Du entschuldigst dich bei einem Stofftier?“, schmunzelte Idas Vater, der gerade herzhaft in seine Marmeladensemmel biss. „Nun nimm dir das doch nicht so zu Herzen, Ida! Immerhin sollen neue Bänke aufgestellt werden! Das ist doch ganz praktisch. Und die werden bestimmt was neues Schönes pflanzen …“
„Auf welcher Seite steht ihr eigentlich?“, schnaubte Ida und griff nach der Schultasche.
Den ganzen Abend zuvor hatte sie Zettel vorbereitet. Für eine Unterschriftenaktion. Gleich nach der Schule würde es losgehen. Ida würde kämpfen, zusammen mit Rabbat. Der Baum durfte nicht sterben!
Gemeinsam mit Rabbat stürmte sie die Treppe hinunter. Der Johannisplatz war voller Kastanien. Der Sturm hatte sie über Nacht vom Baum gefegt. Wie glänzende braune Murmeln lagen sie verstreut auf dem nassen Pflaster. „Kein Ast weit und breit ist abgebrochen“, murmelte Ida und vergrub ihre Hände in der Jackentasche. „Diese Experten reden so einen Mist.“

9. Kapitel

# Die Nachricht im Glückskeks

Ida hatte aufgehört in der Schule über den Baum zu reden. Die anderen waren solche Idioten! Wie gut, dass Rabbat da war! Sie warf dem Fuchs, der sich unter ihrer Schulbank lang gestreckt hatte, einen zärtlichen Blick zu. Was würde sie nur ohne ihn tun? Miss Cornfield gab die Übungsdiktate zurück. Ida hatte wie erwartet null Fehler, aber sie konnte sich nur kurz darüber freuen.

Ihre Gedanken kreisten um die Unterschriftenaktion. Sie hatte vier Tage Zeit, um so viele Unterschriften wie möglich zusammenzubekommen. Am Montag wollte sie die Listen den Politikern übergeben. Sie konnten sich ja wohl nicht über den Bürgerwillen hinwegsetzen, oder?
Parkplätze, pah! Wütend blies sie eine rote Strähne aus ihrem Gesicht. Von dem, was um sie herum vor sich ging, bekam Ida rein gar nichts mehr mit.
„Miss Cornfield, ist denn Mr. Morrisons Bus wieder repariert?“, fragte Anna-Lena gerade besorgt.
„Er ist noch in der Werkstatt“, antwortete Miss Cornfield. „Das Problem ist, dass der Schaden nach der Reparatur immer wieder von neuem auftritt. Die Mechaniker wissen nicht, warum. Sie suchen fieberhaft nach der Ursache. Das dauert und das kostet.“
„Oje“, sagte Anna-Lena. Das hörte sich gar nicht gut an.

Nach Unterrichtsschluss parkte ein Geländewagen auf dem Busparkplatz vor der Wintersteinschule. Die Schulbusse hupten wütend und kurvten umständlich um den Geländewagen herum.
„Können Sie nicht woanders warten?“, rief ein Busfahrer der blonden Frau am Steuer ärgerlich zu.
Helenes Mutter.
Wer sonst trug bei Regenwetter eine Sonnenbrille wie ein Filmstar?
„Keine Zeit, Süßer“, antwortete Helenes Mutter frech. „Wir müssen zum Primaballerina-Tanzkurs.“
In diesem Moment kam ihre Tochter anmarschiert, gefolgt von Katinka, die den Prinzessinnen-Rucksack schleppte.
Helene plapperte am laufenden Band. „Also mein Primaballerina-Tanzkurs ist wirklich super“, schwärmte sie. „Das ist halt einfach erste Liga, verstehst du? Manchmal haben wir sogar ein echtes Orchester als Begleitung.“
Katinka hing an ihren Lippen. „Toll“, sagte sie mit leuchtenden Augen.

Helene erzählte weiter. „Vor jeder Stunde poliert eine Putzfrau die Spiegel, damit wir unsere Haltung kontrollieren können. Die Leiterin, Olga Rachmaninoff, nimmt es sehr genau!"
„Ist die nett?", wollte Katinka wissen.
„Klar", antwortete Helene. „Aber viel wichtiger ist, dass man bei ihr echt was lernt. Hab ich schon erzählt, dass sie früher am Staatsballett von St. Petersburg tanzte? Die Zeitungsartikel hängen in ihrem Büro. Ihre Aufführungen sahen schon der russische Präsident und Madonna. Und die Spielerfrauen der deutschen Fußballnationalmannschaft."
„Wahnsinn!"

Die beiden Mädchen waren am Geländewagen angelangt. Helenes Mutter drückte ungeduldig auf die Hupe.
Ein Schulbus, der nicht in die Parkbucht fahren konnte, hupte ebenfalls. „Ich würde auch gern Olga Rachmaninoffs Stunden besuchen“, sagte Katinka, während sie Helenes Mutter den rosaroten Rucksack durchs Autofenster reichte. „Ist das sehr teuer?“
Helenes Mutter lächelte spitz und streifte Katinka mit einem flüchtigen Blick. „Sorry, Schätzchen“, sagte sie. „Für dich ist das nichts. Kommst du, Helene?“
Sie brausten davon.

Während Helene in der Tanzschule vor blank polierten Spiegeln Spitzentanz übte, stand Ida mit dem Klemmbrett unter dem Arm auf dem Johannisplatz. Der Regen prasselte auf ihre Kapuze herab.
Ida hatte vier Listen vorbereitet. Eine lag drinnen im Friseursalon, eine in der Bäckerei und zwei hatte sie dabei. Auf jedem Blatt war Platz für 25 Unterschriften.

Ob 100 Unterschriften reichen würden, um den Baum zu retten?
Ida sprach jeden Fußgänger an. Viele waren nicht unterwegs, dazu war das Wetter zu schlecht.
Eine alte Dame, die mit ihrem Gehwägelchen zur Bäckerei wollte, unterschrieb sofort. „Eine Schande ist das, den schönen Baum wegzuhacken", pflichtete sie Ida bei. „Die Menschen sollten die Natur mehr schätzen."
Ein Mann, der ohne Regenschirm unterwegs war, winkte ab. „Also ich hätte nichts gegen einen Parkplatz vor dem Haus."
Rabbat knurrte empört.
Jedes Mal, wenn Ida eine Unterschrift bekam, rubbelte sie an der Kastanie, die sie in ihrer Tasche trug. „Wird schon werden", murmelte sie. „Noch drei Tage."
Am Abend hatte sie 11 Unterschriften zusammen.
Im Salon hatten 13 Kunden unterschrieben, in der Bäckerei 8. Zusammen mit Idas Eltern und ihr selbst machte das 35.
Rabbat nickte zufrieden. „Das ist ein Anfang."

Der Primaballerina-Tanzkurs ging bis zum Abend, dann überredete Helene ihre Mutter, mit ihr in das schicke japanische Restaurant „Koi“ in der Fußgängerzone zu gehen.

Die beiden wählten wie immer Sushi, roher Fisch, der mit Reis in Algen eingewickelt war.

Helene ließ es sich schmecken.

„Macht ja schon Spaß, der Tanzkurs“, sagte Helene und tunkte ein Stück Sushi in die Soße. „Aber drei Stunden am Stück sind ganz schön anstrengend.“ Sie winkte dem Kellner, der sofort herbeigeeilt kam.

„Frische Mango, bitte“, bestellte sie.

„Espresso“, sagte Frau May, ohne den Kellner dabei anzusehen. Sie hielt den Blick auf ihre Tochter gerichtet. „Ich hoffe, Helene, du gibst dir Mühe!“, sagte sie streng. „Was meinst du, wieso wir dich dort angemeldet haben? Dein Vater und ich wollen nur das Beste für dich!“

„In den Sommerferien plant Olga Rachmaninoff eine Europatournee mit ihren besten Tänzerinnen“, erzählte Helene weiter. „Meinst du, ich bin dabei?“
„Aber sicher, Liebling“, antwortete ihre Mutter und zückte ihre goldene Kreditkarte.
Nach dem Essen stellte der Kellner wie jedes Mal eine quadratische Schale auf den Tisch. Sie war gefüllt mit Glückskeksen.
Helene liebte die Knabberdinger, in die kleine Botschaften eingebacken waren. Auch wenn ihre Mutter sie deswegen auslachen würde: Helene hatte das Gefühl, dass die Glückskekse über das Leben jedes Menschen Bescheid wussten.
„Du wirst neue Wege beschreiten“, hatte einmal auf dem Zettel gestanden, den ihr Vater erwischt hatte. Da hatte er gerade seinen Job gewechselt. Auf dem Zettel ihrer Mutter war damals zu lesen: „Wer viel hat, hat viel zu verlieren.“
Helene ließ sich Zeit bei der Auswahl. Welchen Keks sollte sie nehmen? Fast von selbst wanderte ihre Hand schließlich in die linke, hintere Ecke.

Sie knackte die Teighülle mit ihren Zähnen und fingerte den Zettel hervor. Er sah irgendwie anders aus als sonst. Normalerweise waren sie weiß. Dieser hier war schwarz.
Helene runzelte die Stirn, als sie den Zettel auseinanderrollte.
Sie las:

An Helene May!
Die magische Zoohandlung teilt mit:
Das Auswahlverfahren läuft. Du bist die Nächste,
die ein magisches Tier bekommen wird.
Halte dich bereit.
Viele Grüße!
Die magische Zoohandlung.

## 10. Kapitel

# Gefährten wider Willen

Helene hatte den Zettel sofort ins Klo gespült und den Gedanken an die Nachricht weit von sich weggeschoben. Ha! Niemals würde sie ein Tier von Mr. Morrison annehmen!
Sie war nicht die Einzige, die sich gegen die Übergabe sträubte. Ein schwarzer Kater mit grünen Augen weigerte sich am Freitagvormittag hartnäckig in eine Holzkiste zu klettern.

Der Kater hieß Karajan und stammte aus Paris. Die Holzkiste klemmte auf dem Gepäckträger eines Klapprads. Das Klapprad gehörte Mr. Morrison.
„In diese widerlische Kiste steige isch nischt", sagte der Kater.
„Ich habe dir doch erklärt, dass der Omnibus kaputt ist", antwortete der Inhaber der magischen Zoohandlung mit gereiztem Unterton. „Zu Fuß ist es zu weit bis zur Wintersteinschule. Jetzt komm schon, deine Gefährtin wartet sicher schon ungeduldig auf dich."
„Gefährtin?", fragte der Kater mürrisch. „Dann komme isch also zu einem Mädchen?"
„Genau", nickte Mr. Morrison. „Sie passt perfekt zu dir, du wirst sehen. Miss Cornfield hat mir alles über sie erzählt. Das Mädchen wohnt in einem schicken Haus, geht gern fein essen und liebt das Luxusleben. Wie du!"
„Isch will lieber zu einem Jungen", entgegnete Karajan.
„Nein, du kommst zu Helene." Mr. Morrison ließ sich nicht beirren. „Glaub mir, sie braucht dich."

„Helene, Helene", murrte der Kater, was mit seinem Akzent klang wie „Elenn, Elenn". Unschlüssig leckte er sich die Pfote.

„Rein in die Kiste!", knurrte Mr. Morrison.

Jetzt fing es auch noch an zu regnen.

Ein Regentropfen landete auf Karajans Nase. Beleidigt verzog der Kater das Gesicht. „Ohne misch."

Er drehte sich hochmütig um und stolzierte langsam die fünf Stufen zur magischen Zoohandlung hinauf.

„Es sei denn", Karajan gähnte gelangweilt, „wir nehmen ein Taxi!"

Das war leichter gesagt als getan. Denn bei diesem Regenwetter gab es jede Menge Leute, die ein Taxi riefen.

Und je länger sie auf das Taxi warten mussten, desto nervöser wurde Mr. Morrison. Der Unterricht endete am Freitag um 12:15 Uhr, bis dahin musste er das Tier übergeben haben.

Um 12:16 Uhr bremste das Taxi quietschend vor dem Schulgebäude und Mr. Morrison sprang aus dem Wagen. Die Mädchen und Jungen strömten schon aus dem Schulhaus.
„Wir kommen zu spät“, seufzte Mr. Morrison.
„Isch will sowieso nischt zu dieser Helene.“ Karajan streckte sich und gähnte. „Gib dem Fahrer Trinkgeld!“
„Gib doch selber Trinkgeld“, knurrte Mr. Morrison. „Los jetzt!“

Unter den Kapuzen und Regenschirmen konnte man die Gesichter der Kinder kaum erkennen.
„Bis zum Sonntag bei der Lesenacht!“, rief ein Mädchen mit Sommersprossen ihrem Mitschüler zu.
„Süßigkeiten nicht vergessen!“, antwortete ein Junge mit Brille und stieg in den Bus.
Hilflos schaute sich Mr. Morrison um. Wo steckte diese Helene? Er versuchte sich an ihr Aussehen zu erinnern. Doch ohne Miss Cornfield war er völlig aufgeschmissen.

Zum Glück entdeckte er in diesem Moment Ida. Ida und Rabbat! Was für ein hübsches Paar die beiden waren! Wie gut sie zueinanderpassten! Ein warmes Glücksgefühl durchströmte Mr. Morrison.
„Ida!“, rief Mr. Morrison laut durch die Menge und winkte. „Kommst du bitte mal her?“
Ida drehte sich um. „Oh, Mr. Morrison!“, freute sie sich. „Wie schön Sie zu sehen!“ Sie lief dem Mann entgegen. „Findet heute noch eine Übergabe statt? Aber nicht Ashanti, oder? Wie geht es Ihrem Omnibus? Und wo ist Pinkie?“ Sie hatte sofort bemerkt, dass die Elster nicht wie sonst auf seiner Schulter saß.
„Äh … Das sind aber viele Fragen auf einmal.“ Mr. Morrison holte tief Luft. „Also: Der Omnibus ist in der Werkstatt. Das dauert noch ein bisschen. Zweitens: Ashanti schläft in der magischen Zoohandlung. Drittens: Pinkie hat sich geweigert mitzukommen. Wegen dem da.“ Er deutete auf Karajan, der sich unter ein parkendes Auto zurückgezogen hatte, wo es halbwegs trocken war. Der Kater sah äußerst unzufrieden aus.

„Sag mal, wo finde ich Helene?"
„Helene?" Idas Blick wanderte verblüfft zu dem schwarzen Kater. „Ausgerechnet Helene bekommt …?"
Mr. Morrison unterbrach sie. „Sie sind füreinander bestimmt", versicherte er. „He, da vorne ist sie doch, oder?"
Er deutete auf ein Mädchen mit langen blonden Haaren, das einen rosa Regenmantel trug und auf einen Geländewagen zulief.
Ida nickte.
Da nahm Mr. Morrison den Kater, klemmte ihn unter den Arm und rannte hinterher auf die Straße. Hoppla, fast wäre er ausgerutscht! Die Schulbusse hupten, doch Mr. Morrison drängelte sich weiter.
Helene war schon eingestiegen und wollte die Beifahrertür zuschlagen, als Mr. Morrison die Tür festhielt. „Helene, ich hab was für dich!"
Er drückte dem entsetzten Mädchen den Kater in die Arme.
Helenes Mutter, die mit Ausparken beschäftigt war, bekam von der Übergabe nichts mit.

„Was will denn dieser Mann?“, japste sie, als sie den Kopf wieder drehte. „Helene, mach die Tür zu!“ Dann trat sie aufs Gaspedal.

„Er heißt Karajan!“, rief Mr. Morrison dem Geländewagen hinterher. „Er kommt aus Paris! Viel Spaß!“

Oben im Schulbus saß ein Junge. Es war Max, der Professor. Er hatte alles ganz genau beobachtet.

## 11. Kapitel

# Karajan

Während der Fahrt im Geländewagen sprachen Helene und Karajan kein Wort miteinander. Helene hielt den Kater fest auf ihren Schoß gedrückt und überlegte fieberhaft, wie sie ihn wieder loswerden konnte. Karajan war mehr als empört über die unsanfte Behandlung. Zu gerne hätte er Helene eine Kostprobe seiner Krallen gegeben, traute sich aber wegen Helenes Mutter nicht die Versteinerung zu lösen.

Frau May redete ohne Punkt und Komma und erzählte Helene den neuesten Klatsch aus dem Golfclub. Vor dem Haus ließ sie die Tochter aus dem Auto springen und sauste weiter zu ihrem Massagetermin.

Als Helene die Wohnungstür aufstieß, hüpfte Karajan aus ihrem Arm.

„Endlisch! Oh, wenigstens ist es hier trocken." Er fuhr sich mit der Pfote einmal über das Ohr und nickte Helene gnädig zu. „Sischer weißt du bereits, dass isch aus Paris komme? Von Karajan mein Name."

Der Kater stolzierte hoch erhobenen Hauptes an den verschiedenen Zimmertüren entlang. „Du kannst disch glücklich schätzen, dass du misch abgekriegt hast! Wenn es nach mir gegangen wäre …"

Der Kater blieb plötzlich stehen. Wo war er hier eigentlich?

Nach dem, was Mr. Morrison über Helene gesagt hatte, hatte er ein großes, schickes Haus erwartet. Mit hellen großen Räumen, kuschelweichen weißen Teppichen, einem Kamin vielleicht, vor dem man sich gemütlich zusammenrollen konnte …

Aber das hier, das war eine echte Bruchbude! Klein und dunkel und … arm!
„Wo sind wir hier?“, fragte er erschrocken. „Das ist doch nischt dein Zuhause? Zeig mir dein Zimmer, schnell.“
Verlegen öffnete Helene eine Tür.
Helenes Zimmer war eine dunkle Kammer mit einem Bett, einem kleinen Schreibtisch und einem Wandschrank, aus dem ein Berg Kleider hervorquoll.
„Bitte nischt …“, sagte Karajan und sah sich mit großen Augen um.
Helene wurde rot. „Früher haben wir in einem großen Haus gewohnt“, stotterte sie. „Wirklich, das war riesig, mit Swimmingpool und so. Aber dann …“
Sie setzte sich still auf die Kante ihres Bettes.
Karajan sagte kein Wort. Er löste den Blick von der ärmlichen Kammer und starrte Helene an.
Helene schniefte. „Mein Vater hat den Job gewechselt. Plötzlich liefen die Geschäfte gar nicht mehr gut …“
Karajan sagte immer noch nichts.
Helene schämte sich. Sie wusste selbst nicht, warum.

Das ist doch nur eine blöde Katze!, sagte sie sich. Aber es half nichts. Sie schämte sich. „Er hat Schulden gemacht“, sprach sie weiter. „Konnte das Geld aber nicht zurückzahlen. Also mussten wir raus aus dem großen Haus. Und jetzt sind wir hier.“
Einen Augenblick lang sagte keiner ein Wort. In der Wohnung über ihnen ging der Staubsauger an.
Karajan räusperte sich. Seine Stimme klang etwas erstickt, als er fragte: „Weiß das jemand?“
„Nein“, flüsterte Helene. „Meine Mutter sagt, ich darf es niemandem sagen. Das ist bestimmt auch besser so. Was würden Katinka, Finja und die anderen von mir denken. Und die Leute aus Mamas Golfclub ...“
Karajan schluckte. Alles haben, nichts mehr haben. Er kannte das nur zu gut. Wie traurig Helene auf der Bettkante saß! Traurig – und vor allem einsam! Von ihrem Hochmut war nichts mehr zu spüren.
„Aber wenn du das geheim hältst, kann disch niemand besuchen“, wandte er ein. „Ist das nischt schade?“
In diesem Moment ging die Tür auf. Helenes Mutter stand im Zimmer.

„So eine Frechheit! Diese Masseurin! Ich war gerade mal 20 Minuten zu spät und sie gibt meinen Termin einfach w…“ Sie stockte und deutete angewidert auf Karajan. „Wo hast du denn dieses verlauste Stofftier her?“, kreischte sie. „Igitt! Ab damit in die Waschmaschine!“
„Nicht, Mama!“ Erschrocken hielt sich Helene die Hand vor den Mund. „Das ist ein Geschenk von …“ Helene blieben die Worte im Halse stecken. Sie dachte an den Schwur.
Schon hatte ihre Mutter Karajan gepackt und trug ihn in Richtung Badezimmer.
„Aua!“, rutschte es dem Kater heraus, aber das konnte nur Helene hören.
Jetzt war Frau May im Badezimmer. Sie öffnete das gläserne Bullauge, steckte den Kater hinein, schüttete einen Spritzer Waschmittel hinterher und stellte den Schalter auf „Feinwaschgang“.
„Nein, Mama!“, schrie Helene. „Halt!“ Sie sah, wie Karajan mit weit aufgerissenen Augen gegen die Scheibe sprang.

Frau May wollte gerade auf den Startknopf drücken, als ihr Handy klingelte. Helene atmete erleichtert aus. „Ach, du bist es, Charlotte, nein, die Shoppingtour habe ich nicht vergessen, bin schon unterwegs …“ Die Mutter vergaß Helene und alles andere und schwebte zur Wohnungstür hinaus.

Mit einem Klack öffnete Helene die Waschmaschinenluke. Karajan sprang heraus und fauchte. Seine Augen sprühten Funken vor Wut. „Keine Sekunde bleibe isch länger hier! Isch gehe zu Mr. Morrison und beschwere misch.“ Seine weißen Zähne blitzten. „Isch will zu einem anderen Kind! Gibt es da nischt diesen adeligen Jungen in deiner Klasse? Mr. Morrison hat ihn mal erwähnt. Henry heißt er. Wohnt der nischt in einem Schloss?“

„Nein, geh nicht“, schniefte Helene nur. „Oh Karajan, es tut mir so leid!“ Sie kniete sich auf den Boden und strich Karajan über das schwarze Fell.

„Ich würde mir ja auch ein anderes Leben wünschen“, murmelte sie. „So, wie es früher war …“ Sie schaute Karajan traurig an. „Wie hast du denn in Paris gelebt?“

„In einem Herrenhaus“, prahlte Karajan. „Mein Napf hatte einen Goldrand. Zum Frühstück gab es Lachs. Und jeden Morgen kämmte das Hausmädchen mein seidiges Fell.“

Helene war beeindruckt. „Und Mr. Morrison hat dich mit seinem Omnibus in diesem Herrenhaus abgeholt?“, fragte sie neugierig und streichelte ihm gedankenverloren über den Rücken.

„Na ja …“, antwortete der Kater mit gedehnter Stimme. „Nischt ganz. Isch war gerade am Eiffelturm unterwegs und wusste nischt, wo isch schlafen sollte …“

„Wieso das denn?“, fragte Helene erstaunt.

Es dauerte, bis der Kater weitersprach. Helene spürte, dass es ihm nicht leichtfiel, darüber zu sprechen.

„Die Herrschaften haben misch vor die Tür gesetzt, weil, weil …“ Karajan zögerte.

„Ja?“, fragte Helene.

„Weil ihre Tochter lieber eine süße kleine Katze haben wollte“, gestand Karajan. „Eine, die sisch streicheln lässt.“ Er sah kurz auf. „Isch lasse misch schließlisch nicht von jedermann anfassen!“

„Oh“, staunte Helene und nahm schnell ihre Hand weg.
„Und dann hatte isch noch das gute Seidensofa zerkratzt und dem Hund die Schuld gegeben. Das war nischt nett von mir“, sagte Karajan kleinlaut. „Es ist besser, die Wahrheit zu sagen. Zack!, da saß isch vor der Tür.“
Er streifte Helene mit einem Blick. „Zum Glück kam Mörtimer vorbei und hat misch gerettet!“
„Hmm“, machte Helene.
„Vielleicht bleib isch doch bei dir“, murmelte der Kater. „Zumindest für eine Nacht.“
„Wenn du meinst“, antwortete Helene.
Karajan rollte sich auf Helenes schmalem Bett zusammen und schlief bald ein. Er schnurrte, ohne es zu merken.

Am nächsten Morgen, es war Samstag, sah Karajan Helene kopfschüttelnd zu, wie sie ein Stück Brot in den Toaster steckte.

„Gibt es bei euch noch nischt mal frische Hörnchen? Es ist doch Wochenende! Wo stecken sie überhaupt, deine Eltern?“
„Mein Vater ist geschäftlich unterwegs und meine Mutter ist einkaufen.“ Helene öffnete den leeren Kühlschrank und schlug ihn gleich darauf stöhnend wieder zu. „Die neue Winterstiefelmode ist da.“
„Von Schuhen wird man aber nischt satt.“ Der Kater warf einen Blick auf das trockene Weißbrot, das sich Helene gerade in den Mund schob. „Hab isch dir schon erzählt, dass isch aus einem alten Adelsgeschlescht stamme und von Karajan heiße?“
„Ja, hast du. Soll ich dich etwa so anreden?“ Helene kicherte. „Soll ich dich vielleicht auch siezen, Eure Majestät?“
Karajan leckte sich die Pfote. „Das wäre durchaus angemessen.“ Er blickte sich in der kahlen Küche um. „Wie lange willst du deine Lügen eigentlich noch durchziehen?“, fragte er. „Du musst deinen Freunden die Wahrheit sagen! Ich könnte das für disch übernehmen …“

Helene blieb fast der Bissen im Hals stecken. „Das wirst du nicht!“
Sie sprang auf und stemmte die Hände in die Hüften. „Kannst du außerdem auch gar nicht, denn nur ich kann dich verstehen, stimmt's?“
„Stimmt“, nickte Karajan. „Aber isch könnte den anderen magischen Tieren erzählen, wie schäbig du wohnst ...“ Er putzte sich über das Mäulchen.
„Die kennst du doch gar nicht!“, protestierte Helene.
„Oh doch.“ Der Kater grinste frech. „Wie hieß noch gleich dieser Fuchs ... Rabbat?“ Der Kater schaute unschuldig. „Isch erzähle es Rabbat und der erzählt es seiner Ida, Ida erzählt es Benni ...“
„Hör auf!“ schrie Helene und hielt sich die Ohren zu. „Das darfst du nicht. Du bist mein Freund!“
Karajan hörte auf sich zu putzen und sah Helene an. „Isch bin was?“
„Mein Freund!“, schniefte Helene.
„Bin isch nischt“, antwortete Karajan und stand auf. „Mr. Morrison hat sich geirrt. Wir sind nischt füreinander bestimmt.“

Helene blieb vor Verblüffung die Sprache weg.
Karajan hob die Nase. Hatte Mr. Morrison nicht von einem Palast gesprochen? Und feines Essen in Aussicht gestellt? Helene hatte ihm noch nicht einmal ein Stück trockenes Toastbrot angeboten!
An die Waschmaschine wollte er lieber gar nicht mehr denken. Bald würde Helenes Mutter zurückkommen. Was würde diese furchtbare Frau wohl dann mit ihm machen? Aus dem Fenster werfen? An die Wäscheleine hängen?
„Adieu, Helene May", sagte der Kater hochmütig. „Isch suche mir ein anderes Zuhause. Eines, das zu mir passt. Isch gehe."
Helene wurde vor Wut ganz blass.
„Bitte sehr, Herr von Karajan", antwortete sie mit erstickter Stimme und öffnete die Wohnungstür.
Karajan stolzierte hinaus.

12. Kapitel

# Ida sammelt Unterschriften

Etwa zur gleichen Zeit stand Ida mit dem Klemmbrett am Johannisplatz und fror ganz fürchterlich. Sie hatte sich vorgenommen heute mindestens 44 Unterschriften zu sammeln.
Es regnete und regnete.
Ihre Mutter hatte ihr schon drei Mal befohlen ins Haus zu kommen, aber Ida dachte gar nicht daran. Es war schließlich so gut gelaufen bisher.

Der erste Zettel war schon voll. Im Friseursalon hatten weitere Kunden ihren Namen auf die Liste gesetzt.
Für einen Moment hatte es wirklich so ausgesehen, als würde sie die 100 Unterschriften bis Montag zusammenkriegen!
Aber heute waren erst drei Unterschriften dazugekommen. Es liefen immer wieder die gleichen Leute vorbei, die entweder schon unterschrieben hatten oder nicht wollten.
Rabbat ließ den tropfnassen Kopf hängen und drückte sich eng an seine Gefährtin.
Ein kalter Windstoß fuhr den beiden durch die Knochen.

Gegen elf Uhr rollte Benni mit dem Skateboard vorbei. „Ich fahre zum Bäcker, kommst du mit?“, lud er Ida ein. „Heiße Schokolade trinken?“
„Nein danke“, antwortete Ida. „Ich muss Unterschriften sammeln.“

„Mach doch mal Pause, Ida", sagte Benni und stieß sich kräftig vom Boden ab. Jetzt konnte Ida sehen, dass er eine Mitfahrerin hatte: Henrietta. Die Schildkröte stand auf den Hinterbeinen und klammerte sich ängstlich an Bennis Hosenbein fest.
Ida musste lächeln. Sie war schon fast so weit doch mitzukommen, als Benni rief: „Vorsicht, morscher Baum! Kopf einziehen, Henrietta! Sonst fällt dir noch ein Ast auf die Nase!"
Da drehte sie sich weg. Benni und Henrietta rollten davon.

Wieder fünf Straßen weiter, in der Turmgasse, lieferten sich Karajan und Mr. Morrison ein heftiges Wortgefecht. Karajan war den ganzen weiten Weg von Helenes Wohnung bis zur magischen Zoohandlung gelaufen. Stunden hatte er dafür gebraucht. Jetzt stand er erschöpft vor der Tür.
Mr. Morrison entdeckte den Kater, als er sein Klapprad aus dem Haus trug.

„Was machst du denn hier?“, fragte er erstaunt.
„Isch konnte nicht länger bei Helene bleiben“, antwortete der schwarze Kater. „Du hast Mist erzählt! Helene hat kein großes Haus, keinen Garten und der Kühlschrank ist auch total leer. Das ist unter meiner Würde. Isch will zu Henry!“
Mr. Morrison kniff wütend die Augen zusammen: „Du kannst nicht einfach abhauen.“
„Warum nischt?“, fragte Karajan zurück.
„Weil du Helene helfen sollst“, schnaubte Mr. Morrison. „Sie braucht dich! Mehr, als du denkst! Wir, Miss Cornfield und ich, haben uns lang Gedanken gemacht und sind überzeugt, dass ihr ein perfektes Paar seid. Wir haben uns noch niemals geirrt. Karajan, du musst zurück!“
„Von Karajan, wenn isch bitten darf“, antwortete der Kater patzig. „Isch will aber nischt.“
„Geh zurück zu ihr“, wiederholte Mr. Morrison unbeirrt und stieg auf sein Klapprad. „Und jetzt aus dem Weg, ich muss einkaufen!“ Er bimmelte mit der Fahrradglocke.

„Wenn du misch nischt haben willst, dann bringe misch wieder zurück nach Paris“, forderte der Kater. „So weit kommt’s noch“, brummte Mr. Morrison. „Selbst wenn ich wollte, wie soll das gehen, mit dem kaputten Omnibus?“ Langsam wurde er ungeduldig. Sogar mit der Giftschlange Ashanti kam er besser zurecht als mit diesem komplizierten Kater. „Ab mit dir, zurück zu Helene! Ich muss los. Ich brauche noch Brot, Wurst und Klopapier.“ Er schwang sich in den Sattel und radelte davon.
Die grünen Augen des Katers blitzten wütend.

Auf keinen Fall würde er zu Helene zurückgehen.
Wenn ihn keiner haben wollte – pah!
Er machte sich auf den Weg zu dem einzigen Ort, den er in dieser verregneten Stadt kannte: der Wintersteinschule.

Am Sonntag war Ida so krank, dass sie nicht zur Lesenacht gehen konnte.
„Du bleibst im Bett." Ihre Mutter fühlte besorgt ihre Stirn. „Du hast Fieber."
Ida schniefte. Tränen kullerten ihr über die Wangen.
„Mein armer Hase!" Idas Mutter schaute ihre Tochter liebevoll an und seufzte. „Ich weiß, du wärst gern bei der Lesenacht dabei gewesen. Was stehst du auch tagelang im Regen rum …" Sie stand auf. „Ich mach dir jetzt erst mal einen frischen Minztee."
„Danke, Mama", hauchte Ida. Ihre Mutter hatte gar nichts kapiert. Die blöde Lesenacht war ihr egal. Auf die anderen hatte sie sowieso keine Lust. Allein wie Benni gestern über die Kastanie gespottet hatte …

Nein, auf diese „Freunde“ konnte man sich nicht verlassen.
Ida weinte um den Baum. Es war alles umsonst gewesen. Sie hatte bestimmt nicht genug Unterschriften gesammelt. Die Kastanie war verloren.
„Nicht traurig sein, Rotschopf“, sagte Rabbat, der anscheinend mal wieder Gedanken lesen konnte, und nieste jämmerlich.

13. Kapitel

# Hinauf in die Turmstübchen!

„Eins, zwei, drei, vier." Miss Cornfield stand am Eingang und zählte die Kinder durch. „Hinauf in die Turmstübchen, bitte schön! Nehmt die Wendeltreppe! Die Mädchen gehen in den ersten Stock, die Jungs in den zweiten! Richtet euch gemütlich ein, wir treffen uns später alle bei den Mädchen. Hopp, hopp, Silas, du bist zu spät! Könnt ihr Kinder denn nicht einmal pünktlich sein?"

Silas winkte ihr zu und sprang von seinem Rennrad. Er hatte sich seinen olivgrünen Seesack quer über den Rücken geschnallt.
Er klatschte mit Jo ab, der ungeduldig auf Juri wartete. Sein Pinguin hatte noch schnell ein Bad im Schulteich genommen. „Wird immer kälter, das Wasser, bald ist es hier wie in der Antarktis", schwärmte er, als er zurückgewatschelt kam.
Helene huschte an Miss Cornfield vorbei. Ihr Handy hatte sie mitgenommen, obwohl es verboten war. Es lag ganz unten in ihrem Rollkoffer. Zusammen mit Anna-Lena wollte sie in Richtung Wendeltreppe, als Miss Cornfield sie aufhielt: „Wo hast du denn dein magisches Tier gelassen?"
„Es hatte keine Lust mitzukommen", antwortete Helene leise.
Dass der Kater seit gestern verschwunden war, sagte sie nicht. Insgeheim hatte sie gehofft, dass Karajan, pardon, *von* Karajan, vor der Schultür auf sie warten würde. Sie vermisste ihn mehr, als sie jemals zugeben würde. Aber keine Spur von ihm.

Sie sah hinüber zu Anna-Lena, die mit ihrem Chamäleon tuschelte und dann leise lachte. Eddie sprach mal wieder etwas in seinen Pulloverärmel, was zwar, wie Helene fand, reichlich beknackt aussah – aber trotzdem … Auf einmal war sie neidisch auf ihn.
Da hielt Schoki ihr eine Tüte Gummibärchen vors Gesicht. „Willst du?“
Helene rümpfte die Nase und drehte den Kopf weg. „Zuckermist“, fauchte sie.
Schoki zuckte mit den Schultern und steckte stattdessen seinem Pinselohrschwein ein paar Gummibärchen in den Mund.
Helene seufzte. Die anderen Kinder hatten es gut! Sie hatten genau das Tier bekommen, das zu ihnen passte. Nur sie, sie hatte diesen komplizierten Kater erwischt! Es war zwar ganz klar mit Abstand das schönste Tier von allen, aber er war einfach unglaublich zickig!
Mühsam zerrte sie den Rollkoffer Stufe um Stufe die enge Wendeltreppe hinauf.
Na prima! Das Turmzimmer der Mädchen war eng und roch, als wäre hier lange nicht gelüftet worden.

Ihre Freundinnen Finja und Katinka schauten ihr schon aufgeregt entgegen. Sie bewunderten Helene, weil sie so hübsch und schlagfertig war und weil sie Sachen machte, von denen beide nur träumen konnten. Weil sie den Tanzkurs bei Olga Rachmaninoff besuchte, so eine coole Mutter hatte und nur Markenkleidung trug. Und dann diese leckeren Süßigkeiten, die Helene immer in die Schule mitbrachte!
Helene rollerte ihren Koffer zu ihnen hinüber, als Max seinen Kopf durch die Tür streckte. Jo und sein Pinguin schauten ihm über die Schulter.
Max deutete mit dem Zeigefinger auf Helene wie ein Cowboy, der seine Waffe auf jemanden richtet: „Hey! Ich hab dich am Freitag zusammen mit Mr. Morrison gesehen. Er hat dir ein magisches Tier übergeben! Wo steckt es denn?"
Helene blieb stehen.
Alle sahen sie überrascht an.
„Was? Du hast ein magisches Tier bekommen?", fragte Katinka.

Max ließ den Zeigefinger sinken. „Ich habe versucht dich anzurufen. Aber die Telefonnummer auf der Klassenliste stimmt nicht mehr. Kein Anschluss unter dieser Nummer. Bist du umgezogen?"
„Was geht dich das an?", antwortete Helene patzig.
Plötzlich drehte sich alles nur noch um Helene.
„Du hast ein magisches Tier?", rief Anna-Lena. „Toll, wo ist es?"
„Die Übergabe war am Freitag", berichtete Max. „Ich hab's vom Schulbus aus gesehen! Mr. Morrison hat Helene einen schwarzen Kater in die Arme gedrückt."
„Süß!", quiekte Finja.
„Aber wo steckt er denn?", rief Katinka. „Und wieso hast du uns nichts erzählt? Wir sind doch deine Freundinnen!"
Immer mehr Kinder kamen hereingepoltert.
„Was sagt ihr? Helene hat ein magisches Tier bekommen?", fragte Benni aufgeregt.
„Die wollte doch nie eines haben!", grölte jemand.
„Sie hat sich immer über Mr. Morrison lustig gemacht", beschwerte sich ein anderer. „Das ist ungerecht!"

Im Turmstübchen wurde es immer enger.
Benni sah sich um: Wo war eigentlich Ida? Sie verspätete sich sonst nie.
„Wo ist denn dein Tier? Ist es so winzig? Eine Kopflaus, was?“, fragte Silas, der nicht mitbekommen hatte, dass von einem Kater die Rede war.
„Nein, Helene hat bestimmt eine Biene mit Giftstachel bekommen!“, kicherte irgendjemand.
Helene schluckte. Warum waren die anderen so fies zu ihr? Sie wünschte sich, Karajan wäre da. Der würde sie bestimmt verteidigen. Oder?
„Wie hast du davon erfahren?“, fragte Anna-Lena in versöhnlichem Ton.
„Glückskeks“, presste Helene hervor. „Die Nachricht war in einem Glückskeks versteckt.“
Silas prustete los: „Waren wir mal wieder schick essen?“
„Na und?“, antwortete Helene wütend.
„Wo steckt er denn nun, dein Kater?“, drängelte Max.
„Ach, eine Katze? Wie langweilig“, gähnte Silas.
Da stampfte Helene mit dem Fuß auf.

„Es ist ein wunderschöner schwarzer Kater mit grünen Augen“, schleuderte sie Silas entgegen. „Er kommt aus Paris und entstammt einem Adelsgeschlecht.
Deswegen heißt er auch *von* Karajan. Verstanden?“
„Richtig adelig?“, meinte Jo. Er sah zu Henry, der als Letzter hereingekommen war. „Der wär ja was für dich gewesen!“
Helene warf den beiden einen erschrockenen Blick zu.
„Er gehört aber mir!“ Einen kurzen Moment lang überlegte sie, ob sie Karajans Rat folgen und alles erzählen sollte. Dass ihre Familie nicht mehr so reich war wie früher. Dass sie jetzt in einer kleinen Wohnung wohnte. Dass Karajan weggelaufen war, weil sie nicht gut genug für ihn war.
Aber was würde die Klasse dann von ihr halten? Wie würde sie dastehen? Der kurze Moment ging vorüber, ohne dass Helene den Mund aufbrachte.
„Nun stell ihn uns doch endlich vor“, bat Finja.
„Er ist nicht da“, knurrte Helene. „Kapiert ihr das langsam mal? Herr von Karajan zog es vor, nicht unter uns zu weilen.“

„Oh, der ist wohl noch zickiger als du, was?“ Jo grinste.
Silas kicherte mit. „Na dann herzlichen Glückwunsch.“
Da wurde Helene richtig sauer. Sauer auf die anderen Kinder, die so gemein zu ihr waren, und sauer auf Karajan, der sie im Stich gelassen hatte.
Auf einmal fühlte sie sich schrecklich einsam. Sie rollte ihren Koffer zwischen Katinka und Finja, die sofort Platz machten. Finja half Helene, ihre Sachen auszupacken. Das Nachthemd mit der Prinzessin vorne drauf. Die Plüschpantoffeln. Katinka pustete Helenes Luftmatratze auf.
„Bestimmt kehrt er bald zurück“, flüsterte Finja Helene zu. Sie wischte sich über die Augen. „Ich freu mich für dich. Ganz ehrlich, ich hätte auch so gern ein magisches Tier.“

14. Kapitel

# Die Märchenerzählerin

Im Turmstübchen im ersten Stock wurde es voller und voller. Überall lagen Luftmatratzen, Decken und Schlafsäcke. An der Decke baumelte ein Kronleuchter, den Eugenia gleich für ihre Turnübungen benutzte. Benni hatte einen Fotoapparat mitgenommen und schoss Fotos in die Runde. „Lach mal, Helene!“, rief er, aber Helene dachte nicht daran.
Und Ida fehlte noch immer.

Miss Cornfield wollte die Nacht bei den Mädchen verbringen und richtete sich neben der Tür ihren Schlafplatz ein. Sie zog eine bunte Decke aus der Reisetasche und stapelte Märchenbücher übereinander.
„Die Lesenacht kann beginnen!“, verkündete sie fröhlich.
„Nein, Ida und Rabbat sind noch nicht da!“, rief Benni.
„Ida ist leider krank“, erklärte die Lehrerin. „Frau Kronenberg hat vorhin angerufen. Ihre Tochter hat eine schwere Erkältung.“
Da bekam Benni ein schlechtes Gewissen. Er dachte daran, wie einsam die Freundin im Regen gestanden hatte, um Unterschriften zu sammeln. Er hätte sie unterstützen sollen! Oder ihr zumindest was Warmes zum Trinken vorbeibringen sollen.
Henrietta dachte anscheinend genau das Gleiche.
„Arme Ida“, flüsterte sie Benni zu. „Nächstes Mal stellen wir uns mit ihr unter den Baum. Mir kann mit meinem Panzer schließlich nichts passieren …“
Benni dachte traurig, dass es kein nächstes Mal geben würde. Morgen war der Ortstermin.

Und auf einmal spürte er, dass Ida Recht hatte. Auch ihm würde der Kastanienbaum fehlen. Er war der Mittelpunkt des Platzes, des ganzen Viertels.
Die Mädchen und Jungen saßen im Kreis, in der Mitte standen Laternen. Miss Cornfield schenkte Tee aus und die Tassen wanderten von Hand zu Hand. Eine friedliche Stimmung breitete sich aus. Sogar Helene entspannte sich ein wenig. Die anderen Kinder ließen sie in Ruhe. Und inzwischen fand sie die Luft gar nicht mehr so muffelig. Es roch nach Pfefferminztee und ein bisschen nach Schokolade.
Benni verteilte Butterkuchen, den seine Mutter gebacken hatte.
„Nicht übel, gar nicht übel", mümmelte Henrietta.
„Ist das schönerich!" Eugenia knabberte an Eddies Ohr. „Ich liebe Türmchen. Wie bin ich froh, dass ich bei dir gelandet bin."
Nach der Teestunde packten alle ihre Bücher aus und begannen zu schmökern.
Silas hatte ein Dinosaurier-Lexikon dabei, Schoki Piratengeschichten.

Eddie jede Menge Batman-Hefte.
Benni packte ein dickes Buch aus und tippte auf den Umschlag.
„Du bist dran“, sagte er zu Henrietta.
„Der Pups aus dem Würstel“, las die Schildkröte.
Der Titel lautete allerdings: „Der Ruf aus der Wüste“.

Helene hatte sich ein Märchenbuch vom Stapel genommen und tat so, als wäre sie in eine Prinzessinnengeschichte vertieft. In Wirklichkeit dachte sie an Karajan. Wo er wohl steckte? Hoffentlich irgendwo, wo es trocken war. Es hatte schon wieder angefangen zu regnen und die Nachtwanderung musste ausfallen.
„Nicht so schlimm“, sagte Miss Cornfield. „Wir haben alles, was wir brauchen. Bücher, Tee – und die Pizza ist bestellt …“
Im nächsten Augenblick flackerte der Kronleuchter, an dem Eugenia zuvor ihre Klimmzüge gemacht hatte. Zwei Sekunden später war es stockdunkel.

„Nicht schon wieder Stromausfall!“, stöhnte die Lehrerin.
Sie kramte nach Zündhölzern. Kurz darauf brannten die Laternen in der Mitte. Zum Lesen war es nun zu dunkel.
„Macht nichts“, beschloss Miss Cornfield. „Dann erzähle ich euch eben Märchen. Klappt die Bücher zu und macht's euch gemütlich.“
Das ließen sich die Kinder nicht zweimal sagen. Erwartungsvoll sahen sie ihre Lehrerin an. Der Schein der Laternen tauchte die Turmstube in ein warmes Licht.

„Jetzt ist es sogar noch schöner“, flüsterte Anna-Lena und Caspar nickte.

Miss Cornfield begann mit warmer Stimme zu erzählen. „Es war einmal ein Müller, der war zwar arm, hatte aber eine hübsche Tochter. Eines Tages traf der Müller den König und sprach: ‚Meine Tochter ist sehr geschickt. Sie kann Stroh zu Gold spinnen.‘ Der König war begeistert und lud das Mädchen ein zu ihm ins Schloss zu kommen …“

Jeder im Raum lauschte.

Eugenia war wieder in Eddies Ärmel gekrochen. Jo hatte seinem Pinguin einen Arm um die Schulter gelegt. Henrietta war dankbar, dass sie nicht selbst lesen musste, und ließ sich das Köpfchen von Benni streicheln.

Helene zog es das Herz zusammen, als sie sah, wie liebevoll die anderen Kinder mit ihren Tieren umgingen.
Wenn doch nur Karajan da wäre!
Miss Cornfield erzählte vom Rumpelstilzchen, von Aschenputtel und Schneewittchen. Sie schilderte das Märchen vom tapferen Schneiderlein, das einen Riesen hereinlegte. Und sie erzählte von Hans im Glück, der erst glücklich war, als er ohne Gold, ohne Kuh und ohne jeden anderen Besitz fröhlich und frei durch die Lande zog.
Es war ganz still, als Helene plötzlich fragte: „Darf ich auch ein Märchen erzählen?"
Vielleicht spürte sie, wie nah ihr Karajan in Wirklichkeit war. Er saß nämlich genau in diesem Moment auf der Fensterbank und blinzelte mit seinen grünen Augen hinein ins Turmstübchen.
Helene begann stockend zu erzählen.
„Es war einmal ein Mädchen mit blonden Haaren, das lebte in einem schönen, großen Haus …" Die anderen spitzten die Ohren.

„Der Vater des Mädchens war ein freundlicher Mann, der viel arbeitete und immer für andere da war.“ Helene schloss die Augen. „‚Euch soll es an nichts fehlen‘, sprach der Mann zu seinem Kind und seiner Frau. ‚Genießt das Leben. Ich will für alles sorgen.‘ Da zog die Gemahlin los und kaufte goldene Wasserhähne, eine große Kutsche und schöne Kleider für sich und ihre Tochter.“
Die anderen Kinder hörten aufmerksam zu.
„Sie meldete ihre Tochter im Primaballerina-Tanzkurs an.“
Finja zuckte zusammen. Helene sprach weiter. „Und sie gingen nur noch in die besten Restaurants der Stadt.“ Helene öffnete die Augen und blickte tapfer in die Runde. „Die Familie führte ein wirklich schönes Leben. Doch dann“, sie schluckte, „dann schaffte der Vater es nicht mehr, genügend Geld zu verdienen. Er vertraute den falschen Leuten und machte einen gewaltigen Fehler …“
„Welchen denn?“, fragte Max und brachte Helene damit ganz durcheinander.

Die Märchenerzählerin fuhr sich übers Gesicht. Anna-Lena, die neben Helene saß, konnte sehen, dass sie Tränen in den Augen hatte.
Sie nahm Helenes Hand. „Erzähl weiter“, flüsterte sie.
„Der Vater machte Schulden, ganz viele, da musste die Familie ausziehen aus ihrem prächtigen Palast …“
„Was?“, riefen Katinka und Finja.
„Sag ich doch“, meinte Max zufrieden. „Kein Anschluss unter dieser Nummer.“
„Weiter.“ Anna-Lena drückte Helenes Hand.
„Und jetzt wohnt die Familie in einem dunklen Loch und hat kein bisschen Geld mehr. Aus, Ende. Sie ist so arm, dass sogar der Kater abgehauen ist.“
Helene schlug die Hände vors Gesicht und begann zu weinen.
Im Turmstübchen herrschte betretene Stille.
Es war Eddie, der als Erster die Sprache wiederfand. Er hatte zwar nur die Hälfte verstanden, aber das war genug, um reichlich verwirrt zu sein. „Was ist daran so schlimm?“, brummelte er. „Bei uns zu Hause bröselt auch der Putz von der Decke …“

„Ich …“, Katinka räusperte sich, „ich versteh nicht, warum du immer so angegeben hast.“
„Genau“, bekräftigte Finja. „Primaballerina-Tanzkurs. Das ist doch total übertrieben! Warum gehst du nicht einfach wie wir zur Tanz-AG bei Frau Bergmann? Das macht auch Spaß!“
Helene nickte und schluchzte. „Ich weiß. Ihr habt ja Recht.“
Miss Cornfield reichte ihr ein Taschentuch.
„Meine Mutter ist aber doch so stolz auf mich“, schniefte Helene. „Sie erzählt all ihren Freundinnen, dass ich bald Auftritte in Paris und London habe. Dabei kostet diese Europa-Tournee doch auch wieder so viel Geld. Ich würde meinem Vater lieber helfen, irgendwie. Und unsere kleine Wohnung mit bunter Farbe streichen.“
„Bunte Farbe!“, quietschte Eugenia glücklich und Eddie grinste.
„Dann mach das halt!“, sagte Jo und zuckte mit den Schultern. Er kapierte die ganze Aufregung nicht so recht.

„Also gut." Helene holte tief Luft. „Ich mache nicht mehr mit bei diesem Lügenmärchen. Ich melde mich ab beim Primaballerina-Tanzkurs. Wir können uns das nicht mehr leisten, auch wenn meine Mutter es nicht wahrhaben will. Jetzt ist Schluss."

„Bravo!", maunzte jemand vor dem Fenster.

Im gleichen Moment hupte auf dem Parkplatz der Pizzabote. Die meisten aus der Klasse waren froh über diese Unterbrechung. Helenes Geschichte war ganz schön heftig gewesen!

Miss Cornfield riss das Fenster auf, ein Schatten hüpfte zur Seite.

„Wir kommen!"

Die Klasse saß in dieser Nacht noch lange zusammen und redete.

Über Wahrheit.

Über Märchen.

Über Träume.

Über Sehnsüchte.

Helene fühlte sich so befreit wie schon lange nicht mehr. Karajans Rat war gut gewesen. Auf Dauer war das Lügen viel zu anstrengend.
Wo steckte der Kater nur? Sie spürte ein Ziehen im Bauch. Auf einmal war sie sich sicher, dass er ganz in ihrer Nähe war.

15. Kapitel

# Das geheimnisvolle Labyrinth

Um 23 Uhr schickte Miss Cornfield die Klasse ins Bett.

Die Mädchen blieben im ersten Stock. Miss Cornfield schlüpfte in einen gestreiften Pyjama und wickelte sich in ihre Decke. Sterne waren darauf gestickt, goldene Blätter und Blüten, eine gelbe Sonne, Gewitterwolken und Blitze.

„Gute Nacht, ihr Mädchen!", sagte sie und blies die

Teelichter aus. Schon bald hörte man die Lehrerin laut schnarchen.

Einen Stock höher kroch Schoki in seinen Schlafsack. „Das war ja eine irre Geschichte, die Helene erzählt hat“, meinte er.
Max nickte. „Wisst ihr noch, wie wir ihren letzten Geburtstag gefeiert haben? Die Poolparty mit der ganzen Klasse? Und diese Kinderband, die aus Berlin eingeflogen wurde?“
„Da hatten wir noch den Herrn Finke als Klassenlehrer“, murmelte Schoki. „Keine Miss Cornfield, keine magischen Tiere. Voll öde.“
Benni seufzte. „Da war auch Ida noch nicht in unserer Klasse.“ Er zögerte. Im Dunkeln war es viel leichter, manche Dinge auszusprechen. „Ich hab ein schlechtes Gewissen. Sie ist unsere Freundin, wir hätten ihr helfen sollen. Und sie hat Recht mit diesem Baum …“
„Ja, stimmt schon“, sagte Schoki. Er lag mit dem Kopf auf Peperonis weichem, gluckerndem Bauch.

Jo gähnte. „Okay, war blöd von uns."
„Vorbei ist vorbei", murmelte Silas und zog den Schlafsack hoch.
Miss Cornfield hatte den Jungen drei Laternen mitgegeben. Max, der als Einziger noch las, blätterte im Kerzenschein in seinen Zeitschriften.
„Hört mal alle her!", rief er plötzlich. „Ich weiß, was wir tun können, damit Ida wieder froh wird. Der Kastanienbaum ist zu retten." Er streckte die Zeitschrift in die Höhe. „Da steht alles drin!"
Benni horchte auf.
„Dieser Artikel handelt von kleinen Tieren, die große Bauprojekte stoppen." Er deutete auf ein Foto. „Ein Molch hat den Bau einer Autobahn verhindert."
„Ja und?", fragte Benni ungeduldig.
„Hamster haben den Bau eines Gewerbegebiets gestoppt." Max tippte auf das nächste Foto.
„Toll", gähnte Silas.
„Und Fledermäuse haben den Bau einer Brücke aufgehalten", sagte Max triumphierend. „Fle-der-mäu-se!"

Eugenia, die schon fast eingeschlafen war, steckte neugierig den Kopf aus Eddies Ärmel.

„In Dresden war das“, fuhr der Professor fort. „Die Politiker waren stinksauer!“

„Und was hat das jetzt mit Idas Kastanienbaum zu tun?“, fragte Benni gespannt.

Max schaute erst zu Eddie. Dann zu Eugenia.

Dann sagte er langsam: „Eugenia könnte in die Baumhöhle kriechen und den Stadträten klar machen, dass das ihr Revier ist.“

„Kapier ich nicht“, brummelte Jo. „Und dann laufen die Stadträte vor Angst weg, oder was?“

„Manche Tiere sind geschützte Arten“, erklärte der Professor. „Fledermäuse zum Beispiel. Wo sie leben, darf nichts gebaut werden. Keine Autobahn, keine Fabrikhalle, kein Flughafen. Und natürlich darf auch nichts abgerissen werden. Da gibt es extra Gesetze, in denen das geregelt ist.“

Bennis Augen begannen zu leuchten. „Genial“, flüsterte er. „Einfach genial.“ Jetzt, wo eine Lösung in Sicht war, fühlte er sich gleich viel besser.

„Eine einzige Fledermaus soll den Bürgermeister umstimmen?“, zweifelte Jo.
Max überlegte. „Es wäre natürlich besser, wenn eine ganze Fledermauskolonie in dem Baum hausen würde. Der Bürgermeister würde umkippen vor Schreck.“
Benni strahlte. „Dann suchen wir einfach ein paar Artgenossen! Eugenia hilft uns dabei, stimmt's, Eddie?“
„Hm?“ Eddie war schon fast eingeschlafen und hatte von dem Gespräch kaum etwas mitbekommen. In Windeseile fasste Eugenia den Plan zusammen.
Eddie runzelte die Stirn. „Ich glaub nicht, dass das geht“, sagte er zögerlich. „Eugenia ist ein magisches Tier, keine normale Fledermaus. Sie kann sich doch gar nicht mit ihnen verständigen!“
Die anderen schwiegen betreten.
„Kann ich schon“, piepste plötzlich ein Fledermaus-Stimmchen. „In der Burgruine hat es auch meistens geklappt. Ich kann es auf jeden Fall versuchen. Aber ihr müsst mir helfen!“
„Okay!“, rief Eddie. Schnell übersetzte er Eugenias Antwort.

Benni setzte sich auf. Er war voller Tatendrang, genau wie seine Schildkröte. Wenn es darum ging, Freunden zu helfen, war Benni kein Angsthase!
„Wo sollen wir suchen?“, fragte er ungeduldig. „In unserer Stadt gibt es weit und breit keine Burgruine.“
Eddie tuschelte kurz mit seiner Fledermaus. Dann sagte er: „Ich habe eine Idee!“

Alle zwölf Jungen schlichen die Wendeltreppe hinunter.
„Wir sollten uns beeilen“, sagte Max, der eine der drei Laternen trug. „Die Dochte sind ziemlich abgebrannt.“
Eugenia, die sich auch ohne Licht bestens orientieren konnte, flatterte vorneweg. Eddie war dicht hinter ihr, gefolgt von den anderen Jungen. Den Abschluss der kleinen Karawane bildete Henry, auch er hielt eine Laterne.
Leise tapsten die nackten Füße und Hufe über den Steinboden.
Stufe für Stufe tasteten sie sich hinunter.

Sie kamen am Mädchenzimmer vorbei. Außer Miss Cornfields Schnarchen war nichts zu hören.
„Weiter", drängelte Benni.
Sie erreichten die Pausenhalle. Unheimlich sah die Schule im Dunkeln aus. Der Wind heulte ums Schulgebäude. Die Teelichter flackerten.
„Hier lang!" Eddie winkte sie einen Seitengang entlang und deutete auf eine Tür. „Hier müssen wir suchen."
Es war die Tür mit der Aufschrift „Zutritt verboten!".
„Zu dritt verknoten", las Henrietta. „Interessant."
„Hiiiier?" Henry wurde blass. „Im Keller des Grauens?"
„Ohne mich", wimmerte Schoki.
„Also echt, ihr Babys!", antwortete Silas. „Los jetzt!"

Eddie drückte die Klinke nach unten. Sie war verschlossen. So ein Mist! „Hätt' ich mir ja denken können ...", murmelte er. „Und jetzt?"
Da gab Jo Juri einen Wink.

Der Pinguin watschelte zur Tür, beugte seinen Kopf nach vorne, quetschte seinen Schnabel in die kleine Ritze und hebelte die Tür mit einem Ruck auf.
Die anderen staunten und klopften Jo und Juri auf die Schulter.
„Wir haben das zu Hause geübt", sagte Jo stolz. „Weil ich ständig den Wohnungsschlüssel vergesse."
„Weiter geht's!", drängte Max. „Denkt an die Kerzen!"

Ein kühler Windhauch strömte den zwölf Jungen entgegen. Eugenia flog sofort in den dunklen Gang hinein. Es schien, als wüsste sie genau, wo sie suchen musste. Hatte es hier am Dienstag nicht so schön nach Fledermäusen gerochen?
Eddie und die anderen folgten mit ihren Laternen. Aus der Ferne hörten sie eine Turmuhr schlagen.
Zwölf Mal.
„Geisterstunde", murmelte Silas.
„Gleich treffen wir den Knochenmann", flüsterte Henry.

Der Gang war uneben und schlängelte sich nach unten. Benni begann in seinem Teddybären-Schlafanzug zu frösteln. Aber er dachte an Ida und setzte tapfer einen Fuß vor den anderen.
Auch Jo zitterte. Er hatte nur ein T-Shirt und Boxershorts an. Es roch nach Erde und Keller und Feuchtigkeit.
Es gab viele Abzweigungen. Nach rechts, nach links, wieder nach links. Dann machte der Gang einen Bogen.

Die Jungs hatten völlig den Überblick verloren. Eugenia dagegen wusste genau, wo es langging. „Ich rieche sie schon, meine Artgenossen!“, rief sie. „Wenn das mal gut geht“, antwortete Eddie, dem immer mulmiger zu Mute wurde.
In diesem Moment erlosch das erste Teelicht. Es war das von Henry.
„Uns bleibt nicht mehr viel Zeit“, drängelte der Professor.

Eugenia gab Gas, die anderen rannten hinterher.
„Hoffentlich weiß deine Fledermaus, was sie tut“, sagte Silas zu Eddie.
„Hier kommen wir nie wieder raus“, stöhnte Benni. „Das reinste Labyrinth!“
In dem Moment stolperte Eddie in eine Gittertür.
„Sie ist offen!“, rief er.
Sie standen in einem Raum voller Gerümpel. An einer Wand stapelten sich Pappkartons.
Benni klappte einen Deckel auf. „Schulzeugnisse!“, rief er überrascht. „Uralte Zeugnisse! Eddie, leuchte mir mal! Mann, das glaubt ihr nie!“ Er hob triumphierend ein vergilbtes Blatt in die Höhe. „Das Vierte-Klasse-Zeugnis vom Direktor! Zwei Fünfer! Herr Siegmann ist durchgefallen!“
Die zweite Laterne erlosch. Sie gehörte Max.
„Wir sind hier, um Fledermäuse zu suchen, keine Zeugnisse“, sagte Max mit kratziger Stimme. „Wenn es hier gleich dunkel ist, haben wir ein Problem.“
Eddie, der das letzte Licht bei sich trug, musste nun gut aufpassen. Er versuchte seine Angst beiseitezu-

schieben. Schließlich war Eugenia da, mit ihr an der Seite war bisher noch immer alles gut gegangen …
Arrg! Eddie zuckte zusammen. In der Ecke stand ein Skelett! Leere Augenhöhlen glotzten den Kindern entgegen.
„Wunibald von Winterstein!“, japste Henry.
„Weg hier!“, stieß Benni hervor.
Doch der Knochenmann mit seinen kalkweißen Rippen stand einfach nur da und glotzte.
Max fing sich als Erster. „Der ist nicht echt. Altes Modell für den Unterricht“, sagte er. „Weiter!“
„Gleich haben wir es geschafft!“, versprach Eugenia. „Ich kann sie schon hören, meine Artgenossen! Sie sind hier um die Ecke! Sie kennen bestimmt auch einen schnelleren Rückweg!“
Wieder ging es durch eine schwere Eisentür. Und wieder öffneten sie Jo und Juri mit ihrem Trick. Der Reihe nach schlüpften alle hindurch. Eddie blieb in der Tür stehen und leuchtete allen mit der Laterne.
„Die Klinke gut festhalten“, rief Silas. „Die Tür hat innen keinen Griff.“

In diesem Moment erlosch auch Eddies Teelicht. Er stolperte, die Laterne fiel zu Boden. Eddie ließ die Klinke los. Die Tür fiel zu.

„Idiot!“, schrie Silas in der Dunkelheit.

Sie saßen in der Falle.

16. Kapitel

# Helene kann nicht schlafen

Im Turmstübchen der Mädchen wälzte sich Helene auf ihrer Luftmatratze hin und her. „Karajan! Wo bist du nur?", flüsterte sie. Sie fühlte ein merkwürdiges Ziehen im Bauch, das sie einfach nicht schlafen ließ. Schließlich schlug Helene die Decke zurück. Wenn sie schon nicht schlafen konnte, konnte sie genauso gut Karajan suchen. Sie schlüpfte in ihre Plüschpantoffeln und kramte nach ihrem Handy.

Helene stieg über die Lehrerin hinweg zur Tür. Miss Cornfield schnarchte ungerührt weiter.
Helene öffnete die Tür und lauschte. Der Wind pfiff um den Turm, sonst war alles still. Der Regen hatte aufgehört.
Den kleinen Bildschirm ihres Handys benutzte sie als Taschenlampe und tastete sich Stufe um Stufe die Wendeltreppe hinunter. Wie kalt die Stufen waren! Das spürte sie sogar durch die Sohlen ihrer Pantoffeln.
Einmal war es ihr, als hörte sie Karajan rufen.
Sie blieb stehen. Das Miauen war wieder weg.
Wieso war sie plötzlich in diesem abgelegenen Seitengang der Pausenhalle gelandet? Hier würde ihr Kater bestimmt nicht sein.
Obwohl … Ihr Blick fiel auf die Tür mit dem Schild „Zutritt verboten!".
Und so wie sie damals, im Sushi-Restaurant, ganz automatisch nach dem richtigen Glückskeks gegriffen hatte, so selbstverständlich drückte Helene jetzt die Klinke nach unten. Sie wusste einfach, dass es richtig war. Die Tür sprang auf.

Vorsichtig tastete sie sich den Gang entlang, der in die Tiefe führte. Hatten da gerade grüne Augen aufgeblitzt?
„Karajan?“, flüsterte sie. „Bist du da?“
Keine Antwort.
Tapfer ging sie einen Schritt weiter.
Das Ziehen im Bauch wurde stärker.
„Karajan, lieber Karajan, wo bist du?“
Helene schrie auf, als sich ein Spinnennetz über ihrem Gesicht verfing. Sie wischte es weg, schloss einen Moment die Augen und atmete tief durch. Es roch modrig. Sie war im Keller des Grauens. Ganz allein. Sie wollte sich gar nicht ausmalen, was ihre Mutter dazu sagen würde.
Für ein paar Sekunden wollte sie nur eins: raus hier, zurück zu den anderen und sich die Decke über den Kopf ziehen.
Aber sie konnte nicht. Sie musste Karajan finden. Und das ziehende Gefühl im Bauch sagte ihr ganz klar, dass sie den Weg nach rechts wählen musste.
„Was für ein Labyrinth“, flüsterte sie.
Bei den nächsten Abzweigungen ging sie links und

dann wieder links. Als würde sie dieses Netz aus Gängen genau kennen. Im fahlen Schein des Handylichts setzte sie vorsichtig einen Fuß vor den anderen. Dann machte der Gang einen Bogen.
Sie passierte eine Gittertür und schrie auf: ein Skelett! Vor Schreck drückte Helene auf ihr Handy, das Licht ging aus und sie rannte blind weiter. Die durchwühlten Kartons an der Wand sah sie nicht. Genauso wenig wie die Fußspuren im Staub, die ihr verraten hätten, dass kurz zuvor schon andere Kinder hier gewesen waren.
Und dann, plötzlich, stockte Helene der Atem.
„Karajan?", flüsterte sie. Wieder keine Antwort.
Grüne Augen blinkten auf. Ihr Herz schlug schneller.
„Karajan?", sagte sie, diesmal etwas lauter.
„*Von* Karajan", kam die Antwort und im nächsten Moment sprang ein schwarzes, samtweiches Bündel in ihre Arme.
„Mein Katerchen!", rief Helene glücklich.
Karajans Barthaare zitterten. „Wurde ja Zeit, dass du kommst", schnurrte er und leckte ihr Gesicht.

Helene drückte den Kater fest an sich. Sie war so glücklich wie schon lange nicht mehr.
„Hübsch siehst du aus." Karajan rieb sein Gesicht an Helenes Backe. „Das Nachthemd passt zu dir."
„Ach was", antwortete Helene verlegen. „Ich möchte gar keine Prinzessin sein."
„Das ist gut", nickte der Kater. „Sehr gut sogar."
Auf einmal rannen Tränen über Helenes Gesicht. Sie weinte, weil sie so froh war Karajan gefunden zu haben. Sie weinte, weil sie manchmal so fies zu anderen war. Und sie weinte, weil ihre Eltern nicht mehr glücklich waren. Alles auf einmal.
Karajan leckte die Tränen weg.
„Du hattest Recht", schniefte Helene. „Es tut gut, die Wahrheit zu sagen. Gehen wir jetzt zurück?" Sie nestelte nach ihrem Handy und knipste es wieder an.
Aber Karajan schüttelte den Kopf. „Erst müssen wir die anderen befreien."
„Welche anderen?", fragte Helene verdutzt.

Karajan führte seine Gefährtin zu der Eisentür. Mit knappen Worten erklärte er, was los war. „Zwölf Jungs sind hier vorbeigekommen“, berichtete er. „Zusammen mit ihren magischen Tieren. Isch habe keine Ahnung, was die hier suchen. Jetzt sitzen sie jedenfalls fest.“
Helene rüttelte an der Tür. Sie ging problemlos auf.
„Die Klinke gut festhalten“, mahnte der Kater.
Und Helene hielt sie fest. Mit der linken Hand.
Mit der rechten Hand trug sie ihr Handy und leuchtete in den Raum. Wenn Karajan sie nicht vorgewarnt hätte, wäre sie ganz schön erschrocken.
Aber so? Sie musste lachen, als sie die zwölf Gestalten verängstigt auf dem Boden kauern sah.
„Was macht ihr denn hier?“, prustete sie los. Sie blickte auf die schwere Eisentür, die sie noch immer festhielt. Mit einem Schlag wurde ihr klar, was passiert war.
„Ihr habt eine Nachtwanderung gemacht und die Tür fiel hinter euch zu?“
„So ungefähr“, knurrte Silas und stand auf. „Lass bloß die Klinke nicht los. Die Tür kann man von innen nicht öffnen.“

„Ich bin doch nicht blöd“, antwortete Helene.
Eddie wurde rot.
Jo rappelte sich auf.
„Hübsche Unterhose“, kicherte Helene.
Jos Boxershorts waren rosarot.
Jo antwortete nicht. Im Schein des Handylichts hatte er ein Fass gesehen. Das rollte er jetzt vor die Eisentür.
„So, nun kann nichts mehr passieren“, sagte er.
Eddie hockte am Boden und machte sich ganz klein.
Jetzt entdeckten die anderen den schwarzen Schatten, der um Helenes Beine strich.
„Ist er das? Dein Kater?“ Henry ging in die Hocke und wollte das Tier streicheln.
Der Kater kratzte ihn. Henrys Hand zuckte zurück.
„Darf ich vorstellen: von Karajan, mein magisches Tier“, sagte Helene stolz und strahlte übers ganze Gesicht. „Er hat mich zu euch geführt. Aber was macht ihr überhaupt hier?“
„Wir suchen eine Fledermauskolonie, um Idas Kastanienbaum zu retten“, erklärte Max.

„Wenn seltene Tiere in dem Baum wohnen, darf er nämlich nicht gefällt werden“, fügte Benni hinzu.
„Cool“, entfuhr es Helene.
„Eugenia sagt, es ist nur noch ein kurzes Stück“, versprach Eddie.
„Na dann los“, sagte Helene.
Mit Hilfe des Handy-Lichts kämpften sich die Freunde Schritt für Schritt weiter.
Eugenia blieb ganz dicht bei Eddie. „Nach vornerich“, kommandierte sie. „Kopf einziehen! Jetzt nach linkserich! Wunderbar! Wir sind gleicherich da!“
Der Weg wurde glitschig. Es tropfte von der Decke.
„Iiiiih“, rief Eddie, weil ein Tropfen genau in seinen Nacken fiel. Er machte einen Sprung zur Seite. Und rutschte in die Tiefe. Er rutschte und rutschte.
Seine Hände versuchten in der Dunkelheit nach irgendetwas zu greifen, doch da war nichts.
„Hilfe!“, schrie Eddie und rutschte immer weiter. In einer Pfütze war plötzlich Schluss. „Aua“, sagte er und rieb sich seinen nassen Hosenboden.

„Bist du verletzt?“, rief Benni von oben.
„Ich glaube nicht“, antwortete Eddie, der keinen Schimmer hatte, wo er gelandet war.
„Wir sind mitten in der Fledermaushöhle“, verkündete in diesem Moment ein Stimmchen neben ihm. „Hallo Kumpels! Ich hätte da mal eine große Bitte …“
„Super gemacht, Eddie!“, jubelten die anderen von oben. „Du hast die Fledermauskolonie entdeckt! Echt toll!“
„Ja, ganz toll“, stöhnte Eddie und roch an seinen Händen. Fledermauskacke.
Ganz weit oben sah er einen schwachen Lichtschein. Helenes Handy.
„Und jetzt?“, fragte er kläglich. „Ich kann übrigens nicht fliegen …“

Eddie merkte, dass sich seine Freunde oben eifrig beratschlagten. Trotzdem zogen sich die Sekunden hin wie eine Ewigkeit und eine Minute nach der anderen verstrich, ohne dass etwas passierte.

Eddie fühlte sich immer elender in dem klammen Loch und wollte gerade nach oben rufen, als er plötzlich dicht neben sich einen Aufprall hörte. Es war Juri, der Pinguin. In seinem Schnabel trug er das Ende eines langen Stoffseils.
„Wir haben Schlafanzug-Teile aneinandergeknotet", rief Jo von oben. „Gut festhalten, wir ziehen dich rauf!"
Jetzt war Eddie erst recht verzweifelt. So viel Kraft hatte er nie im Leben!
Aber Eugenia war an seiner Seite. „Natürlich schaffst du das", machte sie ihm Mut. „Ganz sicherich! Pack den Knoten, ich helfe dir!"
Und während die anderen oben zu ziehen begannen, flatterte Eugenia neben Eddie her. „Du bist stark wie eine Riesenfledermaus", feuerte sie ihn an. „Superich, Eddie! Einfach fliegen, immer höher und höher! Genauerich, weiter so!"
Stück für Stück ging es nach oben.
„Hoffentlich hält das", meinte Max besorgt, als sich die Kleiderschlange ganz lang dehnte.
„Los, Eddie!", rief Jo von oben.

„Du schaffst das!“, rief ihm Benni entgegen. „Weiterich!“, kommandierte Eugenia. Eddie biss die Zähne zusammen. „Die Hälfte haben wir schonerich.“

Was, erst die Hälfte?

„Kann nicht mehr“, krächzte Eddie. Mit letzter Kraft klammerte er sich an das Seil. Seine Hände zitterten, die Füße baumelten frei in der Luft.

„Sei stark wie ein Flughund!“, rief Eugenia dicht hinter ihm. „Sei Batman!“

„Batman!“ Eddie keuchte.

Ein Arm streckte sich ihm entgegen, Silas zog ihn mit einem Ruck nach oben. Eddie war glücklich festen Boden unter sich zu spüren. Er lehnte sich an eine Wand und atmete tief durch.

Währenddessen kümmerten sich die anderen um Juri. Auch ihn zogen sie am Seil nach oben.
„Ist mit den anderen Fledermäusen alles klar?“, wollte Max von Eddie wissen.
„Alles klarerich“, nickte Eugenia.
„Alles klar“, übersetzte Eddie.
Frierend, schmutzig und erschöpft knoteten sie die Schlafanzüge wieder auf. Sie schlotterten vor Kälte und eilten zurück, so schnell sie konnten.
Für heute hatten die Jungen genug von Abenteuern. Sie schlüpften in ihre Schlafsäcke und deckten sich zu bis zur Nasenspitze.
Auch Helene ließ sich erleichtert auf ihre Matte fallen. Sie drückte ihren Kater ganz fest an sich. Mit einem Lächeln auf den Lippen schlief sie ein.
Gegen zwei Uhr nachts kehrte in der Wintersteinschule tatsächlich Ruhe ein.

17. Kapitel

# Eugenias großer Auftritt

Am Montagmorgen schaute Ida aus ihrem Kinderzimmerfenster und schniefte. Es war kurz vor neun Uhr, gleich würden der Bürgermeister und die Stadträte kommen. Ihr Hals kratzte und der Kopf tat weh. Rabbat ging es nicht besser. Er kauerte unter Idas Bett und hatte die Augen geschlossen.

„Meine Eltern geben dem Bürgermeister gleich die Unterschriften“, flüsterte Ida. „Bestimmt hilft es was.“

Aber schon während sie den Satz aussprach, wusste sie, dass das nicht stimmte. Sie hatte nur 51 Unterschriften zusammengebracht.
51 Unterschriften, das war viel zu wenig, um einen alten, knorrigen Baum zu retten.
Die Regenwolken von gestern waren verschwunden. Es versprach ein schöner, freundlicher Tag zu werden. Trotzdem war Ida elend zu Mute.
Der Fuchs hob traurig ein Augenlid. „Ach Ida", seufzte er. „Wir haben verloren."
Ida sagte nichts. Sie schloss die Augen und lehnte sich gegen das Fenster.
Plötzlich sprang Rabbat auf und schaute nach draußen.
Jetzt sah Ida es auch. Da war ein dunkler Vogelschwarm am Himmel! Ida blinzelte. Nein, es waren Fledermäuse! Eine flog vorneweg, die anderen hinterher. Was machten sie hier, am helllichten Tag? Waren Fledermäuse nicht nachtaktiv?
Jetzt umkreisten die Fledermäuse ihre Kastanie. Was hatten sie vor?

Idas Hände begannen zu kribbeln. „Rabbat, was ist da los?"
„Die Anführerin, das ist Eugenia", staunte der Fuchs.
Ida und Rabbat konnten sehen, dass die Fledermäuse in einer Baumhöhle verschwanden.
„Warum tun sie das?", rief Ida.
Sie drückten nebeneinander ihre Nasen gegen die Scheibe.
Jetzt rückte eine Gruppe Erwachsene an. Die Männer trugen dunkle Anzüge, die Frauen Kostüme. Ihre Absätze klapperten über das Pflaster. Das konnten nur die Stadträte und der Bürgermeister sein.
Ein Lastwagen mit der Aufschrift „Gartenbaubetrieb Cipolla" rollte über den Platz.
Zwei Männer stiegen aus. In den Händen trugen sie Motorsägen. Idas Magen krampfte sich zusammen.
Ein Mann mit Fahrrad und Fotoapparat um den Hals bog um die Ecke. Er stellte die Männer mit den Motorsägen vor den Baum, ging in die Knie und machte ein paar Fotos.
Nun traten ihre Eltern eilig aus dem Haus und

überreichten Idas Unterschriftenlisten. Der Reporter machte ein weiteres Foto.
Der Bürgermeister warf einen kurzen Blick auf die Liste. Er zuckte hilflos mit den Schultern, schüttelte den Kopf und sagte ein paar Worte zu ihren Eltern. Dann drehte er sich weg und plauderte mit einem seiner Stadträte.
„Das war's", sagte Ida tonlos. „Alles umsonst."
Doch plötzlich hörte sie Stimmen!

Kinderstimmen, die aufgeregt durcheinanderquatschten. Um die Ecke bog ihre Klasse. Ganz vorne, war das nicht Helene? Begleitet von dem Kater, den Mr. Morrison am Freitag auf dem Schulparkplatz dabeigehabt hatte?

Ida traute ihren Augen kaum. Helene wirkte – irgendwie nett!

„Magie“, flüsterte Rabbat, dem genau der gleiche Gedanke durch den Kopf schoss. „Da ist Magie im Spiel.“

Hinter Helene marschierte Anna-Lena, ihr Chamäleon war nirgendwo zu sehen. Wahrscheinlich saß es gut getarnt auf ihrer Strickjacke.
Ida wurde auf einmal ganz warm ums Herz. Alle waren sie da! Ihre ganze Klasse! Und da war ja auch Miss Cornfield. Ob vielleicht doch noch alles gut werden würde? Schnell griff sie nach einer Kastanie, die auf dem Fensterbrett lag, und drückte sie ganz fest.
Benni entdeckte Ida oben am Fenster. Er lächelte und winkte.
Ida winkte zurück. Ein Lächeln brachte sie jedoch nicht zu Stande. Wenn sie nur wüsste, was die Klasse vorhatte!
Max zog eine Zeitschrift aus seinem Rucksack. Er schlug eine bestimmte Seite auf und hielt sie dem Bürgermeister vor die Nase. Der schüttelte den Kopf. Max, der Professor, redete weiter auf den Bürgermeister ein. Benni stellte sich dazu. Auch er sagte irgendwas. Was war da nur los?
Ida hielt es nicht länger aus. Sie öffnete das Fenster und beugte sich hinaus.

„Sie dürfen die Kastanie nicht fällen“, erklärte Benni gerade dem Bürgermeister. „Dort wohnen geschützte Tiere!“

„Unsinn“, erwiderte der Bürgermeister. „Davon steht nichts in dem Gutachten, das der Gartenbaubetrieb abgeliefert hat.“ Er winkte die beiden Arbeiter zu sich. „Wohnen in dem Baum etwa Tiere?“

„Nur ein kleines Eichhörnchen“, antwortete einer der beiden. „Das findet auch im Stadtpark ein gemütliches Plätzchen.“

„Das ist kein Eichhörnchen“, schnaubte Ida von oben. „Das ist ein Streifenhörnchen aus Nordamerika! Die haben so was von keine Ahnung! Weder von Tieren noch von Bäumen!“

„Irgendwelche seltenen Vögel? Fledermäuse?“, fragte der Bürgermeister.

„Nichts dergleichen“, antwortete der Mann. „Soll ich jetzt loslegen?“

Er warf die Motorsäge an. Sie begann zu dröhnen und zu stinken. Der Zeitungsreporter zückte seine Kamera. Ida biss sich auf die Lippen.

„Nicht so schnell, meine Herren", bremste Miss Cornfield. „Sie haben ja noch gar nicht in die Baumhöhle hineingeschaut."
„Was soll das?", brummte der Bürgermeister. „Der Baum ist morsch. Er muss weg." Er drehte sich zu den anderen feinen Damen und Herren. „Wir sind uns doch einig, oder?"
Die anderen Stadträte nickten und hoben die Hand.
„Beschluss einstimmig angenommen", notierte der Reporter.
„Moment mal, das geht so nicht", erklärte Miss Cornfield. Sie gab Helene einen Wink.
Die kramte ihr Handy hervor und überreichte es dem Bürgermeister. „Sie können es wie eine Taschenlampe benutzen", sagte sie freundlich.
Ida konnte nicht glauben, was sie sah. Helene machte sich stark für den Baum! Ausgerechnet Helene!
Der Bürgermeister nahm zögernd das Handy entgegen. „Und jetzt?", fragte er.
„Sie sollten sich die Sache einmal ansehen", erklärte Max und machte einen Schritt zur Seite.

Der Bürgermeister starrte in das Loch. Er konnte nichts erkennen, weil er mit dem Handy nur nach unten auf den Boden leuchtete.
„Höher", befahl Max.
Der Bürgermeister hob seinen Arm und erschrak. Die Baumhöhle war schwarz vor Fledermäusen! Eine von ihnen piepste empört.
Nur Eddie konnte verstehen, worüber sie sich aufregte.
„Mach das Lichterich aus, du Trottelich! Das blendet meine Artgenossen!"
Als sich der Bürgermeister umdrehte, war er blass im Gesicht. „Meine Damen und Herren, so sieht die Sache natürlich anders aus", stammelte er. „Der Beschluss ist ungültig. Wir ziehen uns zur Beratung zurück."
Ida konnte kaum fassen, was da unten vor sich ging.
War der Baum jetzt gerettet?

18. Kapitel

# Besuch bei Olga Rachmaninoff

Ida hatte die Mutter überredet, dass sie am Dienstag wieder in die Schule durfte. Mit dickem Rollkragenpulli und Zeitung unter dem Arm betrat sie das Klassenzimmer. Rabbat lief neben ihr her.

Der Platz neben Helene war frei.

„Darf ich?“, fragte Ida.

Helene nickte.

Zusammen beugten sie sich über den Zeitungsartikel.

Zwei große Fotos waren abgebildet. Auf dem ersten konnte man sehen, wie die Männer im grünen Overall ihre Motorsägen wieder einpackten. Das zweite aber zeigte Miss Cornfields Schulklasse, die den Kastanienbaum umringte. Ganz klein im Hintergrund war Ida am Fenster zu erkennen.
„Na toll, ich bin nur von hinten drauf." Helene ärgerte sich. „Dabei habe ich dem Bürgermeister mein Handy gegeben!"
Ida lächelte. „Das war super", sagte sie.
„Ja, ihr habt euch alle gut geschlagen", erklärte Miss Cornfield, die plötzlich hinter den beiden Mädchen stand. „Ich bin sehr stolz auf meine Klasse!"
Nach und nach erfuhr Ida alle Einzelheiten.
„Mann, wie aufregend!", sagte sie, als Benni das Labyrinth hinter der verbotenen Tür beschrieb.
„Im Ernst? Eddie hat die Fledermäuse gefunden?", staunte sie, als Schoki von der glitschigen Höhle erzählte.
„Eugenia hat mir geholfen", ergänzte Eddie. „Sie ist klein, aber oho."

„Danke, ihr beiden", antwortete Ida. „Das werden Rabbat und ich euch nie vergessen." Ein warmes Glücksgefühl durchströmte sie.
Plötzlich redeten alle durcheinander.
„Helenes Kater hat uns übrigens befreit, als wir in der Klemme saßen", mischte sich Max ein.
„Aber du bist der, der die Idee mit den geschützten Tierarten überhaupt erst hatte", sagte Jo zu Max.
„Juri hat die verbotene Tür aufgehebelt!", rief Henry.
„Und alle Jungen haben ihre Schlafanzughosen ausgezogen und zusammengeknotet", grinste Helene.
„Silas' Unterhose war die schönste!"

Und wie ging es mit dem Kastanienbaum weiter?
Die Zeitung schrieb klipp und klar, dass der Schutz der Fledermäuse wichtiger war als neue Parkplätze.
„Wir suchen fieberhaft nach einer Lösung", erklärte der Bürgermeister in dem Artikel. „Natürlich nehmen wir auch die Bürgerproteste ernst." Dann hatte Idas Unterschriftenaktion also doch was genutzt.

Ein Baumexperte kündigte an die Kastanie ganz genau zu untersuchen. „Oft helfen Eisenringe, um einen alten Baumriesen zu erhalten“, sagte er. „Da gibt es viele Möglichkeiten.“
Ida und Rabbat waren so glücklich wie schon lange nicht mehr: Ihr geliebter Baum war gerettet! Ihre Freunde, die magischen Tiere, die ganze Klasse hatten dabei geholfen!
Idas Herz klopfte wild, als sie sich im Klassenzimmer umsah: Henrietta plauderte vergnügt mit Benni. Jo und Juri alberten herum. Anna-Lena stupste Caspar an der Nase. Helene hatte Karajan auf dem Schoß und streichelte ihn. Eddie und Eugenia schauten verträumt aus dem Fenster, Schoki und Peperoni teilten sich ein Stück Schokolade. Wieder einmal war Ida unendlich froh darüber, dass sie in Miss Cornfields Klasse gelandet war.

Helene machte ihre Ankündigung wahr. „Heute melde ich mich bei Olga Rachmaninoff ab!“, rief sie.

Am Morgen hatte sie mit ihren Eltern gesprochen. Ihre Mutter war zunächst aus allen Wolken gefallen, doch ihr Vater hatte ihr dankbar zugenickt. „Wenn wir uns alle ein wenig einschränken, kommen wir gut über die Runden, bis es wieder aufwärtsgeht", hatte er gesagt.
Finja und Katinka versprachen Helene zu begleiten.
„Ich wollte die Rachmaninoff schon immer mal sehen", sagte Finja. „Vielleicht gibt sie mir ja ein Autogramm."
Eugenia wackelte begeistert mit den Ohren. „Oh, eine echte Primaballerina!", schwärmte sie. „Die kann bestimmt tolle Übungen. Ich will zugucken, bitte, Eddie, bitterich!"
Eddie hatte zwar eigentlich gar keine Lust auf so einen Mädchenkram, brachte es aber nicht übers Herz, seiner Fledermaus den Wunsch abzuschlagen. „Von mir aus", seufzte er.
Ein Kater, drei Mädchen, ein Junge und eine Fledermaus machten sich also auf zu Olga Rachmaninoff.
Helene war nervös. Wie sollte sie der Lehrerin ihren Entschluss beibringen?

Karajan schritt mit hoch erhobenem Kopf vorneweg.
„Sag einfach, dass du alles vergessen hast und nischt mehr tanzen kannst“, schlug der Kater vor.
„Das glaubt sie mir nicht“, entgegnete Helene.
„Dann sag, dass du disch verliebt hast und nach Paris ziehst.“ Er zwinkerte ihr zu. „Zu einem hübschen Franzosen namens Karajan. Das ‚von‘ kannst du übrigens ab sofort weglassen.“ Helene lächelte.
Der Kater sprach munter weiter. „Deswegen hast du keine Zeit mehr für dieses alberne Rumgehopse.“
„Da wäre sie aber ganz schön beleidigt“, antwortete Helene.
„Dann hast du eben Flugangst und kannst auf keinen Fall mitkommen auf die Europatournee …“
Helene lachte: „Ich dachte, man soll immer die Wahrheit sagen?“
„Mach doch, was du willst“, grummelte der Kater.
Helene drückte die schwere Glastür zur Tanzschule auf. Eine schlanke Dame mit grauem Dutt stand vor dem Spiegel und machte verträumt ein paar Tanzschritte.

„Ist sie das?“, sagte Finja ehrfürchtig.
Helene nickte.
Aus einem Lautsprecher drang klassische Musik.
„Mozart“, rief Eugenia. „Die kleine Nachtmusik mag ich besonders gernerich.“ Sie wippte im Takt.
„Madame Rachmaninoff“, Helene räusperte sich, „darf ich kurz stören? Ich möchte mich von Ihrem Kurs abmelden.“
Finja, Katinka und Eddie traten einen Schritt zurück.
Helene erklärte Olga Rachmaninoff alles. Dass die Familie kein Geld hatte für die teuren Stunden. Dass sie auf keinen Fall auf die Tournee mitkommen konnte. Dass sie mit ihren Freundinnen ab sofort die Tanz-AG an der Schule besuchen würde.
„Wir machen Hip-Hop. Das macht bestimmt auch viel Spaß“, sagte sie tapfer.
Finja und Katinka nickten eifrig.
Die Diva hatte schweigend zugehört. Dann wirbelte sie herum und funkelte Helene an.
„Hip-Hop!“, rief sie empört. „Du meine Güte!“ Sie spitzte die Lippen. „Wie kannst du es wagen, mich so

im Stich zu lassen? Raus, hinaus mit dir! Wenn meine Arbeit nicht geschätzt wird, kannst du gleich gehen!“ Sie scheuchte Helene nach draußen. „Husch, husch!“
„Ich hatte gar keine Zeit, um ein Autogramm zu bitten“, ärgerte sich Finja, nachdem sich alle verdattert auf dem Vorplatz wiederfanden.
„Isch glaube, die Geschichte mit dem Verliebtsein hätte ihr besser gefallen“, keuchte Karajan.
Betreten schauten sich alle an.
„Hast du immer noch Lust auf die Tanz-AG?“, fragte Katinka vorsichtig.
„Aber klar“, antwortete Helene. „Schließlich muss ich euch zeigen, wie man richtig tanzt.“ Sie streckte elegant die Arme zur Seite und machte eine Drehung. „Hip-Hop, Breakdance, Ballett, ich kann alles.“
Katinka und Finja stupsten sich an.
„Sie ist wieder ganz die Alte!“, stöhnte Katinka.
„Ich hätte es bei dieser Hexe nicht lange ausgehalten“, gestand Finja, nachdem Helene mit ihrer Darbietung fertig war. „Ich hab mir Olga Rachmaninoff viel netter vorgestellt.“

„Och, sie ist schon in Ordnung“, verteidigte Helene die Tanzlehrerin. „Sie ist halt eine Künstlerin. Ihr hättet mal hören müssen, was sie alles von ihrer großen Zeit als Primaballerina erzählt hat. Die hat vielleicht viel erlebt! Sie hat sogar schon vor der englischen Königin getanzt!“

Helene kicherte. „Manchmal, wenn sie mittendrin war in einer ihrer Geschichten, fing plötzlich ihr Hörgerät an zu piepsen. Fuchsteufelswild wurde sie dann, die Arme. Es sollte ja keiner wissen, dass sie schwerhörig war. Das war ihr kleines Geheimnis …“

„Was ist ein Hörgerät?“, fragte Eugenia aufmerksam.

„Äh, das ist so ein kleines Ding, das man sich hinters Ohr klemmt“, antwortete Eddie.

„Ein Ohrring?“, fragte Eugenia. „Als Schmuck?“

„Nö, eher eine Hörhilfe“, antwortete Eddie. „Für Leute, die sonst nicht mitkriegen, was um sie herum vorgeht.“

Eugenia machte die Augen weit auf: „Sag bloß …“

19. Kapitel

# Eine überraschende Entdeckung

Eddie war froh, als er endlich zu Hause war. Ballett war einfach nicht seine Welt! Jetzt lag er auf dem Boden in seinem Kinderzimmer und zeichnete. Natürlich Fledermäuse. In seinem neuesten Comic mussten sie ein gefährliches Abenteuer in der Dunkelheit bestehen. Eddie spitzte und zeichnete und spitzte und zeichnete, denn Eugenia, die kopfüber an einem Kleiderbügel baumelte, hatte viele gute Ideen.

„Und jetzt fliegt die Batman-Fledermaus den dunklen Tunnel entlang. Auf der anderen Seite lauern Monster, doch das ist der Fledermaus egal …"

Eddie zeichnete und zeichnete.

„Schnellerich ist sie unterwegs." Eugenia plapperte immer weiter. „Schnellericher sogar noch als Lichtgeschwindigkeit. Aber plötzlich kommt ihr ein riesiger Feuerball entgegen. Er rollt und rollt, kommt immer näher. Wird der Fledermaus-Mann es schaffen, ihm auszuweichen?"

Eddies Striche flogen übers Papier.

Nach einer Stunde war nicht nur das Heft voll. Auch der schwarze Kohlestift war so kurz, dass Eddie ihn kaum noch zwischen den Fingern halten konnte.

„Stift ist alle. Lust auf einen Einkaufsbummel?", fragte Eddie.

„Gernerich", antwortete Eugenia.

Sie spazierten durch die Fußgängerzone. Bei einem Geschäft für Schreibwaren blieb Eddie stehen.

Die kleine Fledermaus betrachtete die Schaufenster nebenan.
„Sind sie das, die Primaballerina-Dinger?“, fragte sie Eddie. Das Geschäft nebenan war ein Optiker, der auch Hörgeräte verkaufte.
„Ah, ja, genau“, sagte Eddie und öffnete die Tür des Schreibwarenladens. „Kommst du mit rein?“
Doch Eugenia dachte gar nicht daran.
„Fang mich doch!“, rief sie übermütig und flatterte in den Laden mit den Hörgeräten. „Du kriegst mich nicht!“
„He! Bleib hier! Was soll das?“
Eddie eilte schimpfend hinterher.
Er kam nicht weit. Ein Ladenbesitzer in weißem Kittel hielt ihn auf. „Nicht so hastig, junger Mann“, sagte er. „Kann ich dir irgendwie helfen?“
Eugenia baumelte schon oben an der Zimmerdecke.
„Hier bin icherich“, kicherte sie.
Eddie wusste nicht, was er tun sollte. Die Lampe schwankte gefährlich hin und her.
„Kann ich dir helfen?“, wiederholte der Mann.

Eddie hörte ihn nicht. Er nickte dem Mann mit einem gezwungenen Lächeln zu und zischte ärgerlich: „Eugenia, komm sofort her! Wir haben hier nichts zu suchen!"
Der Mann mit dem Kittel beobachtete ihn aufmerksam. „Möchtest du vielleicht einen kostenlosen Hörtest machen?" Er lächelte freundlich.
„Der netteriche Herr spricht mit dir, Eddie", piepste Eugenia und brachte die Lampe ordentlich in Schwung. „Sag einfach: Ja, gerne."
Eddie wurde knallrot. „Äh … Ja, gerne", stotterte er. Und schon drückte ihn der freundliche Ladenbesitzer in einen Sessel. Eddie bekam einen Kopfhörer aufgesetzt und ein kleines Messgerät in die Hand. Immer wenn er einen Ton hörte, musste er auf einen Knopf drücken. Dann blinkte an einer Anzeigentafel, die vor ihm lag, ein kleines Licht auf.
Nach fünf Minuten war alles vorbei.
„Sieh mal einer an", sagte der Ladenbesitzer überrascht. „Du brauchst ein Hörgerät." Er gab Eddie einen Zettel für seine Eltern mit.

Auf dem Heimweg war Eddie ganz still. Er musste nachdenken.
„Verlässt du mich jetzt?", sagte er zu Eugenia.
Empört flatterte die Fledermaus vor seiner Nase auf und ab.
„Wie kommst du denn darauferich?", japste sie. „Ich bin deine Gefährtin. Für immer und ewig. Weißt du nicht, was Mr. Morrison gesagt hat?"
„Ja, schon", antwortete Eddie zögernd. „Aber wieso lockst du mich dann in dieses Geschäft? Ich brauche kein Hörgerät. Ich hab doch dich!"
Die Fledermaus wurde kleinlaut. „Tagsüber wach sein, das strengt ganz schön an", piepste sie. „Manchmal muss ich auch schlafen. Oder in der Baumhöhle nach dem Rechten sehen. Ich hätte auch mal wieder Lust, durch lange, dunkle Tunnel zu fliegen. Wie Batman …" Sie legte den Kopf schief. „Aber nach meinen Ausflügen komme ich immerich zu dir zurück. Versprochen!" Sie schaute ihren Gefährten treu an.

Der Mann im weißen Kittel hatte herausgefunden, dass Eddie bestimmte Töne nicht wahrnehmen konnte. Sobald mehrere Menschen gleichzeitig sprachen, hörte sich das für Eddie an wie ein riesiger Mischmasch von Geräuschen.
Kein Wunder, dass er ohne Eugenia in der Schule nur die Hälfte mitbekommen hatte und die ganze Zeit Quatsch machte. Als Edgar seinen Eltern am Abend den Zettel mit dem Testergebnis zeigte, bekamen sie ein schlechtes Gewissen.
„Eddie, *wir* hätten das merken müssen, nicht irgend so ein Fremder", sagte seine Mutter zerknirscht.
„Aber warum bist du denn ganz allein dahin gegangen", jammerte sein Vater.
Eddie zwinkerte seiner Fledermaus zu, die von der Vorhangstange aus zuhörte.
„Eine Freundin hat mich begleitet", lächelte er. „Es war gar nicht schlimm."

Am nächsten Tag marschierte die Familie in den Laden und Eddie bekam ein kleines, silbernes Hörgerät. Unter seinen Haaren sah man es kaum. Eddie freute sich, dass er jetzt auch ohne Eugenia gut zurechtkam. Er gönnte ihr die kleinen Ausflüge. Auch sein Gleichgewichtssinn hatte sich schlagartig verbessert. Er stolperte nie mehr.
„Brauchst *du* mich denn nocherich?“ Diesmal kam die Frage von der kleinen Fledermaus. Eddie und Eugenia saßen mal wieder zusammen am Schreibtisch und arbeiteten an einem Comic.
„Aber natürlich brauche ich dich“, rief Eddie. Fast hätte er dicherich gesagt.
„Erstens musst du mich morgens wecken, damit ich pünktlich zur Schule komme. Zweitens musst du mir sagen, was ich zeichnen soll. Und drittens“, er lächelte, „bleibst du meine aller-, allerbeste Freundin. Was auch passiert, für immer und ewig.“

Ein Leben ohne Eugenia, das mochte sich Eddie gar nicht vorstellen! Er legte den Stift zur Seite und schaute dem kleinen magischen Wesen tief in die Augen.
„Was auch passiert, für ewig und immerich“, wiederholte Eugenia feierlich.

Letztes Kapitel

# Und noch eine überraschende Entdeckung

Ida las jeden Tag die Zeitung. Glücklich verfolgten sie und Rabbat, wie es mit dem Baum weiterging. Wie es aussah, musste nur ein einziger morscher Ast abgesägt werden. Und um den Stamm wurde ein Eisenring gelegt, der den Kastanienbaum sicher zusammenhielt. Helene nervte in der Tanz-AG alle anderen mit ihrer Angeberei. Sie tanzte wirklich gut – aber leider war sie selbst ihr größter Fan.

Benni und Henrietta übten weiterhin fleißig lesen. Die Straße, in der Eddie wohnte, nannte die kleine Schildkröte allerdings weiterhin „Schnitzelstraße“. Das klang einfach lustiger.
Nur ein Rätsel blieb ungelöst: Warum ging in der Wintersteinschule immer das Licht aus? Weder der Direktor noch Herr Wondraschek fanden eine Erklärung für die ständigen Stromausfälle. Letzten Dienstag, als der Hausmeister hinter der verbotenen Tür verschwunden war, hatte er sogar die uralten Leitungen im Keller auf irgendwelche Schäden überprüft. Aber alles war in bester Ordnung gewesen.
Die Klasse von Miss Cornfield bangte um Mr. Morrisons Omnibus. Nach dem letzten Abenteuer wünschten sich alle, die bisher leer ausgegangen waren, sehnlicher als je zuvor ein eigenes magisches Tier.
Aber was würde Mr. Morrison dann überreichen? Einen Regenwurm aus seinem Garten? Eine Stubenfliege aus seinem Schlafzimmer?
Nein, das durfte nicht passieren.

Fast jedes Kind hatte sich schon überlegt, was es am liebsten hätte. Die einen träumten von lieben, kuscheligen Begleitern, von Schneehasen, Pandabären oder Silbermöwen. Die anderen träumten von wilden Gefährten, von einem Puma oder einem Eisbären.
Aber wie sollte das gehen – ohne Omnibus?

Eines Tages, die Klasse steckte mal wieder mitten in einem Übungsdiktat, waren vor dem Klassenzimmer laute Geräusche zu hören.
Etwas quiekte, etwas schepperte, ein Mann rief: „Hab ich dich endlich, du Mistkerl!"
Miss Cornfield riss die Tür auf.
Auf dem Gang stand der Hausmeister. Er war rot vor Zorn und hatte eine Hand weit von sich gestreckt.
„Wehe, du beißt mich!", knurrte er.
Die Kinder in der ersten Reihe konnten von ihrem Platz aus alles beobachten.
„Er hat ein Eichhörnchen gefangen!", berichtete Eddie.
„Es zappelt und quiekt!"

„Nein, das ist ein Streifenhörnchen!", wunderte sich Max, der Professor.
„Leonardo!", riefen Ida und Benni wie aus einem Mund.
„Das Biest hat überall die Kabel durchgebissen!", schrie Herr Wondraschek und polterte ins Klassenzimmer. „Ich hab das Vieh bis hierher gejagt! Deswegen war dauernd der Strom weg!"
Die Klasse begann zu kichern.
Der Hausmeister riss wütend den Kopf zu ihnen herum.
Diesen Moment nutzte Leonardo, um sich frei zu zappeln. Er landete auf dem Boden und wollte wegrennen. Doch der Hausmeister bückte sich blitzschnell und packte ihn wieder mit seiner großen Hand.
Leonardo quiekte voller Panik.
Anna-Lena sprang auf. „Nicht, Herr Wondraschek!", rief sie. „Das ist ein ganz besonderes ma…" Magisches Tier, wollte sie sagen, aber Miss Cornfield stoppte sie mit strengem Blick.

Der Hausmeister hob das vor Angst stocksteife Streifenhörnchen und sah ihm böse in die Augen.
„Hab ich dich endlich, du Lump! Jetzt geht das Licht für dich aus!"
„Stopp", rief Miss Cornfield. „Ich nehme ihn! Ich sorge dafür, dass dieses Tier nie wieder Unfug macht. Versprochen!"
„Wie wollen Sie das anstellen?", fragte der Hausmeister misstrauisch.

„Ich stecke ihn in seinen Käfig und bringe ihn seinem rechtmäßigen Besitzer zurück“, sagte Miss Cornfield. „Den kenne ich nämlich zufällig sehr, sehr gut.“
Rasch holte sie Eugenias alten Käfig, den Eddie ihr zurückgegeben hatte und der seitdem nutzlos in der Ecke stand.
„Das Biest gehört jemandem?“ Der Hausmeister knurrte. „Der Besitzer soll sich hier in meiner Schule bloß nie blickenlassen.“
Er ließ Leonardo in den Käfig plumpsen und machte sich brummend und schimpfend davon.
„Das hätten wir“, sagte Miss Cornfield erleichtert. „Was für eine Aufregung!“
Die Klasse starrte in den Käfig. Das Streifenhörnchen zitterte immer noch vor Schreck.
Miss Cornfield schüttelte den Kopf und seufzte. „Leonardo, was fällt dir bloß ein, du freches Ding!“ Sie drehte sich zur Klasse. „Jetzt brauche ich ein magisches Tier zum Übersetzen, ich verstehe die Sprache der magischen Tiere nicht. Anna-Lena, kannst du Caspar darum bitten?“

Anna-Lena tuschelte kurz mit ihrem Chamäleon, dann gingen sie zu zweit nach vorne. Wieder staunten alle, wie schnell Caspar seine Farbe wechseln konnte. Eben war er rot wie Anna-Lenas Strickjacke, jetzt war er braun wie das Pult, auf dem er mit wichtiger Miene auf seinen Einsatz wartete.
„Leonardo, was hatte das alles zu bedeuten?", fragte Miss Cornfield und blickte Leonardo streng an.
Einen Moment zögerte das Streifenhörnchen, dann flüsterte es Caspar etwas zu. Der gab die Antwort weiter an Anna-Lena und die sagte es laut für alle.
„Er hat alle Stromkabel durchgeknabbert", übersetzte Anna-Lena. „Leonardo sagt, dass sie supergut schmecken. Wie Kaugummi!"
Die Klasse kicherte.
„Leonardo sagt, es prickelt so schön auf der Zunge", fuhr Anna-Lena fort. „Die gelben Kabel mag er besonders gerne!"
Miss Cornfield schlug entsetzt die Hände über dem Kopf zusammen. „Ist dir klar, dass du damit die ganze Wintersteinschule lahmgelegt hast?"

Das Streifenhörnchen duckte sich verängstigt gegen die Gitterstäbe und nickte.
„Das wollte er nicht“, sagte Anna-Lena schnell.
„Sollte noch einmal ein Stromausfall passieren, dann bringe ich dich eigenhändig zu Herrn Wondraschek“, sagte Miss Cornfield streng. „Verstanden?“
Das Streifenhörnchen quiekte laut auf.
„Er macht es nie wieder“, übersetzte Anna-Lena.

Auf einmal erschallte von draußen lautes Hupen. Alle stürzten zum Fenster. Es war Mr. Morrison mit seinem bunten Omnibus! Auf seiner Schulter saß Pinkie, die Elster.
Mr. Morrison kurbelte die Fensterscheibe herunter und winkte fröhlich.
„Der Omnibus fährt wieder!“, rief er der Klasse und Miss Cornfield zu. „Und wisst ihr, wer Schuld an dem ganzen Schlamassel hat?“
„Wer?“, brüllte die Klasse.

„Leonardo!“, lachte Mr. Morrison.
„Auch das noch“, stöhnte Miss Cornfield.
„Der Mechaniker in der Autowerkstatt hatte einen Marder im Verdacht“, rief Mr. Morrison nach oben. „Die knabbern gerne warme Kabel an. Mir war aber sofort klar, dass das keine Marder waren. Ich kenne Marderzähne – und ich kenne Streifenhörnchenzähne. Leonardo! So ein Schlitzohr!“
Mr. Morrison hupte noch einmal. „Jedenfalls bin ich froh, dass die Sache geklärt ist.“
Er griff nach einer Landkarte und wedelte damit in Richtung Klassenzimmer. „Mal sehen, wohin die nächste Reise führt. Pinkie möchte in ein Land, wo es schön warm ist.“
„Wollen Sie noch kurz raufkommen?“, rief Ida nach unten.
Mr. Morrison schüttelte den Kopf. „Ich muss los! Magische Tiere einsammeln! Sicher warten sie schon auf mich!“
Er kurbelte das Fenster hoch, hupte ein letztes Mal und brauste davon.

„Denken Sie an mein Krokodil!“, grölte Silas lachend hinterher.
„Für mich bitte ein Pony!“, rief Leonie.
Obwohl Mr. Morrison längst um die Ecke gebogen war, sahen die Kinder ihm noch nachdenklich hinterher.
Wer würde wohl der Nächste sein?

„Ich liebe Amerika!“ Mortimer Morrison war mehr als zufrieden mit sich und der Welt. „Einmal quer durch den Kontinent, das habe ich mir schon immer gewünscht!“ Auf dem Beifahrersitz putzte Pinkie ihr schillerndes Gefieder.

Das Radio war laut aufgedreht, es spielte Cowboy-Musik. „Geht’s euch gut da hinten?“, rief Mr. Morrison und drehte sich strahlend um. So viele neue Freunde! Er konnte sich einfach nicht sattsehen. Auf den Rückbänken tummelten sich ein Waschbär, ein Schneehase, eine Graugans und ein Stachelschwein.

Sogar zwei Fische hatte er aufgegabelt: eine Regenbogenforelle und einen kleinen Barsch. Das war bei den Great Lakes, den Großen Seen, gewesen. Weil Mr. Morrison nicht wusste, wohin mit ihnen, hatte er einfach eine Plastiktüte mit Wasser gefüllt, die beiden hineingesetzt und die Tüte oben zugebunden.

Die Tiere waren mit dieser Lösung völlig zufrieden. „Hauptsache, wir dürfen mit, Mortimer“, blubberten sie nach draußen.

Ganz hinten hockten ein Papageientaucher, eine Waldohreule und ein Rennkuckuck. Sie stritten sich um den guten Sitzplatz am Fenster und wechselten ständig durch.

Dabei achteten sie darauf, immer genug Abstand zu dem schlecht gelaunten magischen Tier zu halten, das es sich mit hungrig knurrendem Magen unter der Rückbank bequem gemacht hatte …

Mr. Morrison fuhr schon seit über einer Stunde eine schnurgerade Landstraße entlang.

Hoppla, was war das? Ein kleines Tier saß am Straßenrand und hob die Pfote.

Mr. Morrison hatte schon den Fuß auf der Bremse, als er sah, um was für ein Tier es sich handelte. Schnell drückte er aufs Gaspedal.

„Mit Streifenhörnchen gibt es nur Ärger!“, brüllte er im Vorbeifahren aus dem Fenster. „Tut mir leid, Hörnchen, vielleicht beim nächsten Mal!“

Und mit Vollgas brauste er davon.

Funkspruch vom Containerschiff Aurora, Atlantik

Von: Mortimer Morrison
An: Mary Cornfield

Mortimer an Mary - Bitte kommen - Mortimer an Mary - Bitte kommen - Kannst du mich hören? - ROGER - Ankunft in zwei Wochen - Bus ist voller Tiere - Bitte Aquarium putzen - ROGER - Viele Grüße Mortimer - OVER and OUT

Mr. Morrisons Omnibus ist voll –
und das Abenteuer geht weiter!
Aber wer ist der geheimnisvolle Passagier,
der ganz hinten unter der Rückbank liegt?
Scheint ein gefährlicher Bursche zu sein …

Lies auch das nächste Abenteuer
aus der Schule der magischen Tiere!

DIE SCHULE DER MAGISCHEN TIERE

**Abgefahren!**

**Leseprobe aus**

# Die Schule der magischen Tiere

## Abgefahren!

Zur selben Zeit ging es im Libellenweg reichlich hektisch zu. Der ganze Morgen war ein einziges Chaos gewesen. Und schuld daran war das magische Krokodil.

Zunächst war Silas von einem gellenden Schrei geweckt worden. Der Schrei kam aus dem Badezimmer.

„Ein Krokodiiiiiil!“, rief seine Mutter. „Da ist ein Krokodil!“

So schnell war Silas noch nie aus dem Bett gewesen. Er kam ins Badezimmer gestürmt, wo seine Mutter sich die Haare raufte.

Im Wasser schaukelte ein grünes Gummikrokodil.

Silas riss erschrocken die Augen auf. „Ach Mama, das ist doch nur so ein Aufblasding!“, sagte er und legte beruhigend den Arm um sie. „Hab ich mir von meinem Taschengeld gekauft“, flunkerte er schnell. „Für das Landschulheim, wenn wir schwimmen gehen.“

Beeindruckt schaute er in die Wanne. Krass, das klappte wirklich gut mit dem Versteinern!
Seine Mutter sah ihm verwundert über die Schulter. „Ach ja?“ Vorsichtig traute sie sich wieder hervor. „Komisch“, murmelte sie, „ich hätte schwören können, dass es sich bewegt hat ...“
Doch das war nur der Anfang.
Als Nächstes bekam Silas’ großer Bruder einen Heulanfall, weil die Goldfische in seinem Aquarium verschwunden waren. Sie hatten sich über Nacht einfach in Luft aufgelöst!
Und als sich nach dem Frühstück alle wieder halbwegs beruhigt hatten, war die Zahnpasta leer. Silas’ Vater weigerte sich mit ungeputzten Zähnen aus dem Haus zu gehen.
„Papa, die Klassenfahrt! Wir kommen zu spät! Die fahren ohne mich los!“, rief Silas verzweifelt. Er hatte doch Probezeit! Wenn er unangenehm auffiel, würde ihm Miss Cornfield Rick wegnehmen!
„Ich versteh das nicht“, sagte Silas’ Mutter. „Am Freitag war die Tube noch fast voll, ich bin mir ganz sicher!“
Schließlich fiel Silas ein, dass er noch eine kleine Reisezahnpasta im Seesack hatte.
Und dann endlich konnten sie aufbrechen.

„So geht das nicht, Rick!“, zischte Silas seinem magischen Tier im Auto zu. „Du musst lernen Regeln einzuhalten! Alles hat seine Grenzen!“
Mit Vollgas bretterten sie zur Wintersteinschule. Silas’ Vater hatte großen Spaß an der schnellen Fahrt. Laut hupend und mit quietschenden Reifen bogen sie auf den Parkplatz ein.
Miss Cornfield hatte die Arme in die Seiten gestemmt und sah ihnen ungeduldig entgegen. Die anderen warteten bereits im Bus.
Silas sprang aus dem Auto und holte das Krokodil vom Rücksitz. „Es tut mir wirklich sehr leid, Miss Cornfield“, sagte er zerknirscht. „Heute ist alles schiefgelaufen.“ So höflich hatte man ihn selten gesehen.
Miss Cornfield hob die Augenbrauen.
„Rein mit dir!“, sagte sie nur.
„Pünktlichkeit ist eine Tugend!“, rief Direktor Siegmann, als Silas einstieg. „Merk dir das, junger Mann! Und lass die Luft aus deinem Krokodil.“

# Die Piratten kommen!

Michael Peinkofer
**Piratten, Band 1: Unter schwarzer Flagge**
96 Seiten
Hardcover
ISBN
978-3-551-65071-9

Michael Peinkofer
**Piratten, Band 2: Gefangen auf Rattuga**
96 Seiten
Hardcover
ISBN
978-3-551-65072-6

Michael Peinkofer
**Piratten, Band 3: Das Geheimnis der Schatzkarte**
96 Seiten
Hardcover
ISBN
978-3-551-65073-3

Michael Peinkofer
**Piratten, Band 4: Der Schrecken der Sümpfe**
96 Seiten
Hardcover
ISBN
978-3-551-65074-0

Michael Peinkofer
**Piratten, Band 5: Die Schatzinsel**
96 Seiten
Hardcover
ISBN
978-3-551-65075-7

Von der geheimnisvollen Insel Rattuga aus ziehen die Piratten mit ihrem Flaggschiff, der „Rattengift", über die Meere und verbreiten Angst und Schrecken. Nur einer stellt sich ihnen furchtlos in den Weg: Marty Flynn, der tapfere Held und mutige Mäuserich. Gemeinsammit seinen Freunden kämpft er darum, Meer und Land von den Piratten zu befreien - natürlich vor allem auch deshalb, damit ihn die selbstbewusste Becky endlich mal ernst nimmt ...

CARLSEN

www.carlsen.de

# Ein Mädchen, ein Wildpferd - eine geheime Freundschaft

Usch Luhn
**Ponyherz Band 1: Anni findet ein Pony**
128 Seiten
Hardcover
ISBN 978-3-551-65251-5

Usch Luhn
**Ponyherz Band 2: Ponyherz in Gefahr**
128 Seiten
Hardcover
ISBN 978-3-551-65252-2

Usch Luhn
**Ponyherz Band 3: Ponyherz und das große Turnier**
128 Seiten
Hardcover
ISBN 978-3-551-65253-9

Anni hat ein Geheimnis: Im Wald wartet Ponyherz auf sie. Ein Wildpferd. Zusammen können sie reiten wie der Wind.
Die beiden verbindet eine unglaubliche Freundschaft. Es ist, als seien sie füreinander gemacht.
Zusammen helfen Anni und Ponyherz Mensch und Tier. Niemand darf davon wissen. Nicht der Pferdeflüsterer Pieter und schon gar nicht die zickigen Mädels vom Reiterhof. Denn die Wildpferdherde ist bedroht. Und irgendjemand hat es auf Ponyherz abgesehen ...

CARLSEN

www.carlsen.de

**Margit Auer**

Eigentlich ist Margit Auer Reporterin. Sie schrieb viele Zeitungsartikel für die Süddeutsche Zeitung und für die dpa, die größte deutsche Nachrichtenagentur. Als ihre drei Söhne zur Welt kamen, las sie auf einmal eine Menge Kinderbücher – und bekam Lust, selbst welche zu schreiben!
Eines Tages saß Margit Auer in ihrem Schreibbüro in Eichstätt und arbeitete gerade an einem Kinderkrimi, als es klopfte. Ein merkwürdiger Mann stand vor ihrer Tür. Mr. Morrison hieß er. Und er hatte ein Geschenk dabei …

**Nina Dulleck**

Die Illustratorin Nina Dulleck zeichnet und malt, seit sie Stift und Pinsel halten kann. Sie lebt mit ihrer Familie am Rhein inmitten von Weinbergen und Kirschbaumplantagen. Dort illustriert sie viele, viele Kinderbücher und lässt sich dabei von dem Rotkehlchen in ihrem Garten schöne Lieder vorsingen. Fast könnte man meinen, es wäre magisch.

Die Abenteuer der „Schule der magischen Tiere“
gibt es überall im Buchhandel sowie auf www.carlsen.de

SCHULE DER MAGISCHEN TIERE

→ Hol dir jetzt den Newsletter!

www.carlsen.de/newsletter-magischetiere

Kennst du schon die Internetseite
rund um die Schule der magischen Tiere?
Mit einem tollen Bildschirmschoner zum Herunterladen,
dem großen Test „Welches magische Tier passt zu mir?“,
Steckbriefen von den magischen Tieren
und vielem mehr!

**www.carlsen.de/kinderbuecher/**
**schuledermagischentiere**

Schau doch mal vorbei!

FSC® www.fsc.org
MIX
Papier aus verantwortungsvollen Quellen
FSC® C014496


Umschlag und Innenillustrationen: Nina Dulleck
Umschlaggrafik: Sabine Reddig
Lektorat: Claudia Scharf
Herstellung: Constanze Hinz und Eva Grimme
Lithografie: Margit Dittes Media, Hamburg
Satz: Dörlemann Satz, Lemförde
ISBN 978-3-551-65273-7